# 전선 위의 달빛

KB193306

# 전선 위의 달빛

## 유시경 수필집

도서 출판 북인

# 주방세제보다 독한 '글의 힘'

결혼하자마자 시작된 36년여의 식당 생활에 마침표를 찍었다. 2015년에 첫 수필집 『냉면을 주세요』를 내고 꼬박 9년 만이다. 그간 여러 문예지에 발표한 글 40편을 추려 두 번째 수필집을 묶는다.

테이블 21개가 놓인 네모난 틀 안에서 수없이 많은 사람을 만나고 헤어졌다.

울고 웃다, 상처마저 주고받으며 성장하고 나이도 들었다. 간헐적으로 찾아오는 우울과 불안은 이 삶을 좀 더 단단하게 만들었다.

괜찮은 척 안 그런 척 속내를 들키지 않으려 애를 썼다. 좋은 일 나쁜 일 모두 내 몫이려니 한다.

돌아보면 부질없고 겸연쩍은 문장으로 가득하지만 누가 뭐라 해도 어쩔 수 없다. 과문에 과작이다보니 내놓을 것도 내세울 것도 없다. 스스로 자기 욕망에 갇혀 쓴 건 아닌지 반성해본다.

어느 날 문득, 설거지를 하다 물통에 둥둥 뜬 두 손을 보았다. 고무장갑을 끼지 않는 나의 손가락들이 배수구 위로 요동치고 있었다. 칼에 베인 상처. 펜혹처럼 부푼 두 번째 손가락 첫마디를 감추고 싶어 주먹을 쥐고 걸었다.

문학에 빠져 글공부를 했고 그 간절함을 놓지 않으려 어지간히 지탱해왔다. 어느 누가 이르길, 문학의 본질은 결핍과 자유라 했으니 그에 충실히 살았다고 자위한다.

글의 힘은 그릇을 닦는 노란 주방세제보다 독한가보다. 그릇에 묻은 비눗물은 여러 번 헹구면 없어지건만, 내 삶의 문장들은 수십 번 헹구어내도 말끔히 닦이지 않으니 이는 나의 능력 부족일 것이다.

수필은 어렵다. 시간 부자의 아내, 세 살배기의 할머니가 되니 글짓기가 더더욱 어려워진다.

그 끈 놓지 않고 글을 쓰게 해준 문단의 선구자들, 이 책을 출간하는 데 도움을 주신 여러 선생님, 이웃님들께 진심으로 감사드린다.

마음을 다잡아 다시 쓰련다. 비눗물처럼 유연해져야겠다. 그리고 좀 놀아야겠다.

불편한 글, 부디 용서하시라.

2024년 가을날에
유시경

# 차례

# 제1장 결핍에 관하여

# 손가락에 관한 고찰

　나는 사람을 처음 만날 때 그의 손을 살핀다. 저 손은 부드러울까, 저 손은 참 일복이 많게 생겼구나. 저 손은 사랑을 많이 받겠다. 저 손은 위안을 많이 주겠구나. 저 손은 한번만 만져본다면 원이 없을 정도로 남자답게 생겼군. 뭐 이런 나만의 쓸데없는 신경작용이라고나 할까.

　전동차 좌석에 앉아 앞의 승객들을 바라보기 민망할 때 으레 그의 손등에 눈이 간다. 그들의 손은 노상 스마트폰과 싸우거나 속삭이거나 즐기거나 하는 게 대부분이다. 어떤 청년의 손가락은 참으로 길고 가늘며 여리게 생겼다. 그 손으로 이 험한 세상을 어찌 짚어질까 걱정스럽다가도 아니지, 저 손으로 독서도 하고 예쁜 글도 쓰고 맡은 임무까지 척척 해낸다면 금상첨화지 싶기도 하다.

　2017년 가을, 하늘이 청명하게 높아갈 즈음 세상을 뜬 어느 작가

●

의 손을 생각한다. 그의 손가락은 참으로 가냘프고 서럽게 생겼다. 나는 2011년 팔월에 서울 삼청동의 '스페이스 선'이라 하는 지하 갤러리에서 열리던 〈마광수 초대전〉에 가본 적이 있다. 당시 그 지하 공간엔 관람객이라곤 나 한 사람뿐이었다. 그곳은 사면의 벽이 회색 시멘트로 덧발라진 참으로 소박한 날것의 공간이었다. 그 위에 천진무구하기 그지없는 크레용 그림 몇 점이 쓸쓸하게 걸려 있었다.

마광수 교수의 화풍은 형식면에서 초지일관 아이의 손으로 그린 그림 같았지만 그것이 추레하다거나 유치하다는 느낌은 들지 않았다. 단순명료하고 다소 가년스러워 보이는 도화지 속 그림들을 들여다보노라면 이 작가의 철학이 복잡다단한 세상에서 자신만큼은 '때 묻고 싶지 않다' 혹은 '처음으로 돌아가고 싶다' 즉 '벌거벗은 아기'가 되고픈 갈증이 내재되어 있는 건 아닐까 하는 생각과 더불어 괜한 측은지심마저 불러일으키는 거였다.

인터넷으로 관찰해보건대 그의 손은 마디마다 비운과 고독으로 점철되어 있는 듯하다. 그 손은 정서적으로 재주와 기량이 능수능란할지언정, 험한 육체노동 같은 건 엄두도 못 낼 것처럼 안타깝게 생겼다. 마 교수는 「게으름 예찬」이란 수필에서 자신과 같은 창작 예술행위를 '게으른 노동'이라 해석했으며 이는 매우 설득력 있는 표현으로 다가온다. 그의 손가락은 근본적으로는 세상을 지배할 순 없었으나 자신의 문학을 완성함으로써 혁명을 하였다 해도 과언은 아니다. '결핍의 미학'이랄까. 아마도 마 교수의 손은 수많은 폭정暴

政의 손가락들이 범접지 못할 깊은 고뇌와 정신적인 학대로 상처투성이가 되었던 것은 아닌지.

2017년의 뜨거운 여름날, 『한국산문』 인터뷰 때 김형주 작가와 함께 송경동 시인을 만났었다. 형주 씨가 인터뷰하는 내내 나는 시인의 손을 유심히 살펴보았는데 과연 노동자의 손다웠다. 그의 손은 묵직하고 뭉툭하며 구릿빛으로 그을린 데다 손톱의 면은 굉장히 넓고 단단해보였다. '저런 손으로 어쩜 이리도 세밀한 문장을 그려낼 수 있을까?' 실은 놀랍다기보다 내심 부럽고 질투까지 났다. 육체노동으로 찌든 손들이 영혼의 문장을 가까이한다면 그것은 더 아름답고 매혹적으로 보일 게 틀림없다. 시인의 손가락을 연상하며 그의 시를 읽는 일은 종종 떼려야 뗄 수 없는 관계가 되기도 한다.

최근 세계를 여행하며 사진전을 열고 있는 박노해 시인의 손은 육체노동자보다는 외려 지식인에 가까운 손으로 보인다. 그의 손은 노동에 절어 있으며 또한 문학에 젖어 있기도 하다. 대개의 문인들의 손이 학문과 씨름하기에 마디마디 굴곡진 것은 아니리라. 작가의 손이란 한 사람을 사랑하기에 앞서 팍팍한 세상의 무상무념마저도, 그 묵상의 시간까지도 끌어안아야 하는 아주 고된 기계일지도 모른다.

손은 그 사람의 운명과 일생을 좌우하는 듯하다. 길고 부드러운 손가락은 예술에 전부를 쏟아붓기에 좋고 두툴두툴 굵은 손가락은 거친 일을 하기에 좋다. 일의 전장에 나가 온몸의 근육을 쓰고 또 뭔가를 만들어내는 일, 세상의 모든 일에 도전하여 두 가지 세 가지를 해낼 수 있다면 우리의 삶이 심심하지만은 않을 터. 그러나 나는 청년의 손가락이 참으로 고와지는 현상에 고소를 금치 못한다. 노동이 부족해지는 사회. 아니 노동의 힘이 넘쳐나서 노동을 거부하는 사회, 그럼에도 대개의 젊은이들이 자본의 지성을 꿈꾸는 이상한 세상이 도래했다.

자동차 '수레바퀴'에 앉아 악기를 연주하듯 스마트폰을 부리고 있는 젊은이들의 손가락을 분석한다. 아름답고 아름다우니 아름다워서 아름다워라. 어쩜 이리도 희고 길며 고울 수 있을까. 혹여 저들의 손가락에 '펜혹'이라도 하나 달린다면 얼마나 멋스러울까. 내 마음은 금세 '심쿵'해질 것이다. 그 손가락과 만나고 싶어질 것이다. 그 손가락과 깍지 끼고 낭만의 상상을 즐기리라. 손가락 주인의 얼굴생김 따윈 관여치 않으리라. 그 손들은 나쁜 짓일랑 전혀 하지 못할 것이다. 허무맹랑한 소문을 퍼뜨리는 일, 비수 같은 문자를 타인에게 날리거나 상처를 후벼파는 행위들을 결단코 그런 손들은 할 수 없으리라. 나쁜 손이란 가령 하루해 장사치로 살아가는 이 여인의 것처럼 투박하고 못생긴 손이라야 할 터이다.


나의 손은 얼음장처럼 너무 차갑고 거칠어서 실은 남편에게조차 사랑받지 못하였다. 내 손은 살림 잘하는 손, 바깥일에는 참견하지 않으며 내조의 여왕으로 거듭나야 하는 손, 며느리로서 시제를 모시는 손, 동그란 밥그릇처럼 공손해야 하는 손이었다. 그에 반하는 심경으로 나는 밤잠을 이루기 전, 두 손을 매끄럽게 마사지하는 대신 따스한 문장과 한번이라도 더 만나는 일이 효율적인 위안이 되리라 기대해온 것이 사실이다.

이 몸은 매일 게으른 노동자의 손을 꿈꾼다. 아이처럼 공상하고 상상력을 발휘하기에 좋은 연장인 손가락. 그러나 손바닥보다도 작은 액정 속, 갈고리 같은 폭력의 문자들이 윤회하는 이 시대에 그런 손은 어디에 있는가. 사방을 찾아봐도 피노키오의 코처럼 늘어지고 허우적거리는 무심한 손들만 눈에 띄는구나. 지쳐 쓰러지면 안 되지. 이 난국을 헤쳐나가려면 손가락을 내려놓지 말아야지. 안 그러면 급변하는 디지털 톱니바퀴 밑에 깔려죽을지도 모르니까.

# 수유의 기억

앳된 새댁이 갓난아기를 안고 식당에 들어선다. 몸 푼 지 얼마되었느냐 물으니 이제 삼칠일(21일) 되었다 한다. 조리 기간이 어느 정도 지났으니 먹고 싶은 거 먹으러 나왔다며 수줍게 웃는다. 산모의 배는 아직 가라앉지 않은 듯하다.

새댁은 밥상 앞에 앉는다. 아기를 눕힌 여인은 불안해 보인다. 갓난이 눈동자는 엄마의 음성을 따라 요리조리 움직이고, 손톱만 한 입술은 오줌을 누는지 한껏 오므리고 있다. 고새 기저귀가 젖었는지 응아응아 운다. 산모는 울음소리가 나자 가슴에 손을 댄다. 젖이 도나보다. 유즙이 흠뻑 밴 저고리 속을 무명수건으로 받친다. 기저귀를 살핀 그녀가 곧 아기를 안고 벽 쪽으로 돌아앉는다. 내 몸이 허공에 뜬 것 같아. 먹어도 자꾸만 배고파. 여인은 남편 품에 아기를 건네고는 다시 숟가락을 든다.

첫애를 낳았을 때 시어머니는 내 가슴을 보며 헛웃음만 치셨다.

16

쯧쯧, 생긴 거 하고는. 유방이 그렇게 작아서야 어디…. 어머니의 불똥 같은 시선을 면전에서 받으며 나는 3킬로그램의 신생아를 안고 안절부절못했다. 58킬로그램의 임산부 몸에서 양수와 혈액, 태아와 태반 10킬로그램이 빠져나왔으니 산모 몸무게 48킬로그램였다.

밥 줘! 먹을 것을 좀 달라고! 배고파 죽겠단 말이야! 아기는 금세라도 숨이 넘어갈 듯이 울어젖혔다. 마음은 수유할 자세가 되었지만 몸은 준비가 안 됐는지 가슴이 도무지 팽팽해질 기색이 없었다. 아기의 얼굴이 새빨개져서는 유두를 물고 늘어지는데, 나는 그 모양이 두렵고 겁이 나기 시작했다. 인간의 욕망이 점점 자라 지능화되고 사회화되면 즐기고자 먹고 누리고자 먹겠으나, 아기는 단지 살기 위해 먹을 뿐이었다. '나는 살고 싶다'라는 기능대회에 나간다면 신생아가 단연코 1위를 차지하리라.

갓 태어난 아기에게 젖을 물린 지 얼마나 지났을까. 일분일초가 몇 시간처럼 흘렀다. 가슴이 저릿저릿하더니 풍선에 물을 담듯 유방이 팽창하기 시작했다. 유즙이 유관을 타고 유두로 쏠리면서 가슴 전체가 바위처럼 단단해지고 있었다. 그것은 마치 잔잔하고 어두운 우물에 쇠뭉치 하나가 떨어져, 파동을 일으킴과 동시에 맹렬히 솟구치는 왕관 현상과 다르지 않았다. 또한 마그마와 같은 온갖 물질들이 잠든 지상을 향해 일제히 터져버리는 활화산 폭발처럼 느껴졌다. 달리 비유하자면, 수평선 아득히 먼 저 지구 끝까지 쓸려갔다가 순식간에 밀려오는 해일 같다고나 할까.

●

'보세요, 어머니. 내가 이겼지요?' 나는 회심의 미소를 지었다. 이후 아기의 젖줄은 더욱 커지고 팽배해졌다. 날이 갈수록 유륜은 또렷해지고 유선은 나뭇가지가 새끼를 치듯 길고 푸르게 뻗어나갔다. 수유에 탄력을 받은 아기는 세차게 자신의 욕망을 충족하기 시작했다. 만족한 표정으로 단꿈을 꾸고 있는 아기를 내려다볼 때마다, 어미의 가슴은 등불을 켜는 것처럼 어김없이 젖이 돌곤 하였다. 종국에는 솟구쳐 남아돌기까지 하는 유즙을 감당할 수 없어, 그릇에 받아 밤마다 주인집 굴뚝 뒤편에 몰래 내다버리기까지 하였다.

아기의 입심은 실로 엄청난 것이어서 어린 어미의 유두를 초토화하고야 말았다. 뉘게 하소연할까. 아무런 대비책도 세워놓지 못한 나로서는 대략 난감한 일이요 벙어리 냉가슴 앓는 심정이었다. 그 시간이 살을 도려내듯 아파서, 갓난이를 끌어안고 젖을 먹이면서도 이를 악다물고 눈물만 흘렸다.

'천사 같은' 이 아기는 배고플 때 집요하게 파고들다가도 젖이 넘친다 싶으면 잇몸에 온힘을 주어 깨물고 비틀어댔다. 어찌나 물고 잡아당기는지 갈라지고 찢어져 생딱지가 앉았다. 아기는 우는 제 어미를 빤히 올려다보며 한 치의 오차도 없이 제 할당량을 가져갔다. 항생제를 삼킬 수도, 지혈제를 바를 수도 없었다. 아기의 행위는 오로지 먹는 일에만 몰입돼 있었으며, 어미가 아프거나 말거나 '내가 할 일은 원래 이것이고 네가 할 일은 그것 아니더냐? 그러니 좀 참아봐'라고 말하는 것만 같았다.

독일의 소설가 파트리크 쥐스킨트의 소설 『향수』의 도입부에는, 썩은 생선더미에서 건져온 아기에게 젖을 물리는 유모 잔 뷔시의 심경이 잘 묘사되어 있다. "내 걸 전부 뺏어 먹었어요. 얘가 전부 빨아먹는 바람에 나는 이제 뼈만 앙상해졌어요. 이 사생아는 전부 먹어치워버린다고요." 유모는 그 아기 때문에 자기의 몸이 10파운드나 줄었다며 테리에 신부에게 하소연한다. 문장가 쥐스킨트는 이 부분을 적절하게 기술해놓았다.

실제로 젖먹이를 키우는 엄마들은 아기에게 한번씩 젖을 주고 나면 날아갈 듯 가뿐하고 가벼워짐을 느낀다. 또 금세 배고파진다. 수유부가 섭취하는 모든 영양분은 대개 젖줄로 모여 아기에게 전해진다. 물 한 잔만 마셔도 유방은 극도로 팽창하며, 어쩌다 자극적인 음식을 섭취하면 가슴이 따끔거리고 아기는 탈이 나기도 한다. 미각에 예민한 아기가 용케 알아차리고 혓바닥을 내밀며 인상을 찌푸리고 마는 것이다.

아기는 어미의 정신과 육체의 모든 성질을 무섭게 빨아들인다. 갓난아기는 경이롭지만 경외심을 불러일으키는 존재이기도 하다. 때론 가볍게 때론 아프게 만든다. 그는 어미 몸에 있는 수천 억 수십 조의 세포 알갱이, 피와 골수, 체액까지 모조리 흡수하여 제 것으로 소화한다. 수유하는 동안 어미의 몸은 아기의 성장을 위해 쉼 없이 재생하며 아물어간다.

아기의 고픈 울음소리를 들을 때면 감전된 것처럼 가슴이 뭉클

하고 쪼뼛해진다. 하고 있는 모든 걸 팽개치고 당장 젖을 물려야 할 것만 같다. 허공에 뜬 것처럼, 자꾸만 배고프다고 되뇌는 산모에게서 오늘의 문장을 읽는다.

# 빛의 요람이고 싶었던

　나는 검정이다.

　나는 눈에 잘 띄지 않는다. 내가 '완전한' 색이 되기 이전에 나의 주인은 한 남자를 만났다. 둘은 사랑했고 하나가 되었다. 어느 날 나는 심연에서 이상한 물질들이 뒤섞여 흔들리는 느낌을 받았다. 여자는 살과 내장을 비우고 뼛속까지 긁어낼 것처럼 자꾸만 게워냈다. 제 영혼이 조각나 흩어지는 환각 속에서도 그녀는 끊임없이 구역질을 해댔다. 진저리치며 토해내고 쏟아내도 여자의 몸은 자꾸만 밑으로 가라앉았다. 여자는 자신을 둘러싼 일련의 현상에 대하여 질문하기 시작했다. 제 몸 어딘가에서 놀라운 사건이 벌어지고 있는 게 분명했다.

　까만 동굴 사진 한 장. 어둠을 가리키며 의사는 열심히 설명하였다. 우주의 블랙홀을 겹쳐놓은 듯, 소용돌이치는 검은 배경 속에 작은 빛이 스며 있었다. 어떤 형체인지 처음엔 나 자신조차 짐작할 수 없었다. 초보 미술 지망생이 4B연필로 대충 스케치해놓은 것만 같았다. 촬영기를 따라 동그라미 속 형태는 이리저리 모양을 바꾸었다. 대체 내 안에 누가 그림을 그리는 것인가. 내 키가 자랄 때마다 빛의 윤곽도 또렷해져만 갔다. 그것은 나와 주인 여자 사이에서 하나의 세계로 자리잡으며 당당히 주인행세를 하기 시작했다.

의사는 "임신입니다"라고 말했다. 다음엔 "착상이 잘 되었습니다" 하였다. 다음에는 "심장이 생겼습니다"라고 하였다. 그 다음엔 "안정을 취해야 합니다" 하였다. 그러고는 "잘 크고 있습니다"라고 말해주었다. 그러고 나서 의사는 근엄한 표정을 지으며 연거푸 고개를 끄덕였다. 내 주인은 그게 무엇인지, 어떤 게 자기 세계고 어떤 게 남의 것인지 잘 이해하지 못했다. 그것이 빛인지 그림자인지, 빛의 그림자인지 그림자의 빛인지 새로운 존재를 인정하기 힘들어했다. 나는 주인 여자가 어리석기 짝이 없다고 생각했다. 겨울이 한 차례 지나고 나서야 이 여자는 우리 사이에 또 다른 생명이 숨 쉬고 있다는 사실을 겨우 받아들일 수 있었다.

나는 동그란 그릇이었다. 오롯이 하나의 땅이요 검은 흙이었다. 자갈밭이던 내 화분에 또 다른 우주가 펼쳐졌다는 거. 그것만은 확실히 느낄 수 있었다. 그게 나, 검정이었다. 그녀보다 더 빨리 새로운 빛을 습득하였다는 자신감에 난 우쭐하였다. 내 고요 안에서 영롱하고 눈부신 색깔들이 불꽃처럼 터지고 있을 터였다. 여자는 그저 그것이, 자기가 갇혀 있을 괴상한 색채만 아니라면 하는 바람이

●

었을 것이다.

나는 내 주인과 같은 배에 타기를 완강히 거부했지만 뜻대로 되진 않았다. 난 그녀의 도구가 되기 싫었다. 그녀에게 억압받을 바엔 차라리 사라져버리는 게 나을 터였다. 여자는 나와 한통속이 되기 위해 끊임없이 나를 회유했고, 우린 결국 손잡을 수밖에 없었다. 나는 여러 색으로 노래하고 싶었으나 신은 용납하지 않았다. 피안과 차안의 교차로에서 그녀 없이는 완전한 내가 될 수 없다는 사실을 깨달아야 했다. 우린 두 가지 본질을 나눠가지기로 약속했다. 난 최대한 혼자 할 수 있는 일을 주인에게 간청하려 했다. 그녀를 대신하여 그림을 그리고 색칠하는 것이야말로 절대적인 내 임무였으므로.

나는 '모성의 독재'에서 벗어나고자 그토록 저항하였다. 난 빛의 감옥이 아닌 요람이고 싶었다. 아기를 잉태하고 낳기를 반복하며 나의 세계는 파괴되고 허무해졌다. 육체적 욕망이나 불타는 사랑 따윈 어둠 저편으로 사라져버렸다. 순간마다 한 순간이던 쾌락과 절정도 검은 기억 속에 파묻히고 말았다. 마침내 주인은 나를 버렸다. 내 기쁨이 쇠약해질수록 그녀의 노동은 단순해져 갔다. 난 덧없고 황폐해졌지만 어둠 속에서 날아갈 듯이 자유로웠다. 곧 완벽한 색깔이 될 것만 같았다.

나는 주인의 목숨을 빌려 이 땅에 태어난 검정이다. 검정이 나이고 그것이 내 이름이다. 나는 특별히 빛나지 않는다. 부끄러움도 많이 탄다. 드러내지 않는 것이야말로 진정한 나의 권력이다. 나는 암혹 속에서 너를 발견한다. 불이 커지고 사그라지기를 반복하는 동안 너는 내 흙에서 노래가 되고 춤이 된다. 터널 끝, 빛들은 숨 쉬며 꽃 피울 준비를 한다. 너는 나에게서 태어나 무럭무럭 피어오른다. 빨갛고 푸르게, 노랗고 하얗게. 너는 핏줄이 되고 살이 된다. 피와 살이 된 네가 나와 함께 주인을 위한 빛 그림을 그리고 있다. 너와 내가 빛으로 나오기까지 세상은 얼마나 두려운 것이냐. 우린 결국 어떤 색도 아닌 모든 색깔로 노래하게 될지도 모른다. 나는 위로를 갖고 싶다. 나는 순수를 잉태하고 싶다. 난 너에게 내 전부를 내주겠다.

뼛속을 긁어내고 내장을 비우고 나면 깃털처럼 가벼우리라. 생명의 낟알은 저 밑바닥으로부터, 텅 빈 우주로부터 시작되는 것. 그것은 빛이 없으니 차갑고 장막으로 드리워져 있으니 고요하며 종국에는 외롭고 황량한 곳이다. 나는 째깍대는 허공에서 너를 찾는다. 네 주인의 이름은 검정이다. 그것은 나와 그녀의 이름이기도 하다. 우리는 '나'가 아닌 우리 모두의 주인에게서 터져 나왔다. 아무 색깔도 아닌 검정, 시작을 노래하는 검정, 다른 색이 될 수 없는 검정, 색깔의 끝인 검정이다. 나를 검정이라 불러다오. 무겁고 침울한 검정. 모든 빛을 감싸안는 검정. 사라져버리는 검정.

나는 어둠 속 모니터. 그렇게 환생했다.

●

# 비문이 소용돌이칠 때

　그러니까, 내가 십[+]의 다섯 배수 되는 터널을 빠져나와 다시 몇
해의 자갈밭을 털레털레 걷고 있을 때였다. 갑자기 까만 날벌레 한
마리가 쫓아다니며 가는 길을 방해했다. 웽웽 소리도 없는 것이 군
체도 아닌 것이 콧잔등과 입술 사이에서 치근대고 있었다. 밝은 데
서 보면 아지랑이 같고 어두운 데서 보자면 영락없는 날파리였다.
나도 모르게 손사래치며 길을 걷는데 그것은 죽어도 나와 떨어질
수 없다는 심사였다.

　초등시절부터 나는 동화 같은 꿈속으로 들어가려 어떠한 연습을
해왔는데, 다름 아니라 잠자기 직전 양손으로 두 눈을 지그시 누르
고 시신경 안쪽의 세상과 마주하는 일이었다. 눈이 피로할 때 할 수
있는 현대인의 일반적인 운동요법 정도로 여기겠으나, 어린아이의
유치한 생각과 행동들은 신선한 경험이고 놀이이며 쾌락이었다.

　나는 종종 눈꺼풀을 내리고 숫자를 세며 마음의 그림을 그려보곤

●

하였다. 닫힌 동공 위로 그려진 그림은 화가가 캔버스에 흩뿌려놓은 양 화려하게 퍼졌다. 잭슨 폴록의 〈Eyes in the Heat〉처럼 안구 속이 끈적하게 엉겨붙었다. 이윽고 유리구슬이 아우성을 치다가 스스로 폭발하기 시작했다. 나는 움푹 파인 두 개의 우물 뼈를 더 세게 눌렀다. 톡톡 터지는 물방울, 깨지는 거울. 수만 개 거울 속의 작은 조각처럼 눈 속은 호화로웠다. 간혹 혈관의 파편과 눈꽃 같은 돌기 문양이 불규칙적으로 퍼져나갔다. 검붉게 타오르는 불기둥도 보이고 유성처럼 쏟아지는 물줄기도 보였다. 덤불숲 한가운데 뱅글뱅글 돌며 웃고 있는 달팽이 같은 눈동자들도 보였다. 나의 근시안에 파묻힌 추상과 비구상화들은 뇌리에서 영혼이 분리될 것처럼 뭉치고 흩어짐을 반복하며 빠르게 변화했다.

엄마가 세상을 뜨고 내 눈은 급격히 나빠졌다. 초등학교를 졸업하기도 전에 시야가 흐릿해졌다. 앞자리에 앉아도 초록 칠판 위의 분필 글씨를 제대로 읽을 수 없었다. 추운 겨울밤, 쌀 한 되를 사러 가다가 그만 싸전 철문에 부딪히고 말았다. 안경알이 깨지고 눈자위에 상처가 났다. 그 행동이 부끄러워 냅다 집으로 줄행랑쳤다. 옥상에 빨래를 널고 내려오다 굴러떨어져 살갗이 찢겨도 두 눈만은 무사하길 바랐다. 사춘기가 지나고 얼마간 시력이 오르락내리락하였으나 성인이 된 어느 시점부터 더 이상 떨어지지는 않았다.

넘어져 깨지고 떨어져나간 유리알만큼이나 크고 작은 터널들이 지나갔다. 흰 타일 벽을 바라보고 있노라면 한 마리였던 날파리가 두 마리 세 마리로 늘어나 시야를 거스른다. 들여다보니 모기 눈알만 한 미세한 점들이 서너 개씩 뭉쳐 둥둥 떠다는 것 같기도 하다. "내 너를 죽이리라." 두 눈 부릅뜨고 없애려도 해보건만 그것들은 금세 날아올라 춤을 추어댄다.

눈 속의 독백인가 눈 밖의 풍경인가. 두 눈이 쏟아진다. 분열하는 눈, 뻑뻑하고 어슴푸레해지는 눈동자. 정신착란이라도 일어난 걸까. 비문非文처럼 생겨났다 숨어버리는 비문飛蚊들을 두 손으로 잡아 떨어내고 떨쳐내려 안간힘을 쓴다. 그러나 단어인지 문장인지 사금파리 같은 비문 조각들은 시선을 따라다니며, 눈을 감을 때까지 나를 조소하고 희롱하며 신들거린다. 잡으려 해도 달아나기는커녕 한 방울 두 방울 물방울 튀기듯 다시 튀어오르고야 마는 것이다.

의사는 자신도 비문증, 즉 날파리증후군이 있다고 말했다. 심하면 그것들이 떼로 모여든다고 하였다. 나이 들면 그 정도 친구는 누구나 갖게 된다며 무시하고 즐겁게 살라 일렀다. 덤으로 얻은 깨달음이란, 이 비문증이라는 게 이상하게도 컴퓨터만 켜면 그 증상이 지워진다는 것이다. 오롯이 문장에 집중하다보면 눈앞에 날벌레가 가로막고 있다는 사실을 잊는 것도 신기한 일이다. 나는 이들을 영원히 없애지 못하리란 걸 감지했다. 네 마리, 다섯 마리, 아홉 마리, 열 마리. 하루하루 지날수록 점점 더 많아질지도.

썼다가 지우고 썼다가 갈아엎어버린 수많은 문장과 비문들. 너를 믿었건만, 너의 홍채와 너의 망막과 너의 수정처럼 투명한 유리체를 믿었건만! 섬광처럼 번뜩이던 어린 날의 초상은 어디로 갔는가. '그림은 자신의 삶을 갖는다. 나는 그림이 그 삶을 살 수 있게 노력할 뿐'이라는 잭슨 폴록의 명언을 갖다붙인다. 눈동자 속 최면과 무의식 조각들이 펼치던 축제. 그거야말로 자판 위에 떠도는 무수한 날파리 떼였는지도 모를 일이다.

바야흐로 난시를 장착하고 노안까지 겸비한 나는 다시 눈을 감고 두 손을 얹는다. 지그시 누르고 문질러 습기 없는 안구를 마사지한다. 아지랑이, 검댕이, 실오라기, 날벌레 같은 비문이 손끝과 눈두덩 사이로 몽개몽개 새어나온다. 크기와 모양이 조금 바뀌었을 뿐, 그것들은 비밀의 우주 위에서 살아 꿈틀거리고 있다.

●

# 내 코를 찾아줘

"코가 어디 붙어 있어? 숨은 쉴 수 있는 거야? 코가 왜 그렇게 작아? 대체 어디로 숨 쉬는 거야? 안경은 어디에 걸쳤어? 거참 신기하네."

수년 전 어느 모임에서 한 여성이 내 얼굴을 들여다보더니 다짜고짜 이렇게 물었다. 그 말 때문에 몇 날 몇 달 동안 나는 위축되어 있었다. 밤이고 낮이고 몇 해를 두고 코가 어디 붙었어? 코가, 코가, 코가, 그놈의 "코가 대체 어디에 있는 거야?" 소리가 정신을 요란하게 뒤흔들었다. 코 얘기만 나오면 자다가도 코를 찾아헤맬 것만 같았다.

2019년 12월 이후, 모든 농담과 해학과 풍자가 코비드COVID19에 묻혀 사라졌다. 코에 대한 기억이 희미해질 즈음 새로운 고통이 시작되었다. 눈에 띄지 않는 저 바이러스 때문에 세상이 뒤죽박죽, 내 삶도 곤죽이 되고 말았다. 대중은 트롯trot에 열광하고 개그맨들은 더 이상 웃기지 않는다. 어떤 사람은 미각을 잃었다 하고 어떤 사람은 냄새를 잊었다 한다. 어떤 이들에겐 밥상의 대화가, 어떤 이들에겐 찻잔의 온정이 사그라들었다. 가장의 어깨에서 평안함이 무너져 내리고 있었다.

오랜만에 내점한 동네 어르신은 마스크 끼고 일하는 우리를 보며 이렇게 말씀하셨다.

"마스크를 하고 있으니 고운 얼굴 보기 힘들다."

또 어떤 이는 이렇게 말하였다.

"사람들이 마스크를 쓰니 다 예뻐 보여."

그들의 말에 동의하지 않을 수도 동의할 수도 없는 상황이다. 마스크를 끼니 예전의 생김새를 통찰하기 어렵고, 웬만해서 상대방의 윤곽을 읽어낼 수도, 속내를 파악할 수도, 약점을 꼬집을 수도 없다. 그가 도량 깊은 인물인지 미지근한 속물인지, 무슨 일을 하는 사람인지, 당장 무엇을 어떻게 하려는 것은 아닌지 감정을 단정짓기 애매하다. 바이러스가 폭죽처럼 터지는 시대, 의로운 정치인을 찾기 힘들고 진솔한 삶을 탐구하기도 쉽지 않다. 그럼에도 마스크를 쓰니 다 아름다워 보인다는 새로운 인식에 저항하진 못할 성싶다.

2020년 시월의 마지막 날. 코로나바이러스가 확산한 뒤, 일 년 가까이 마스크를 낀 채 살아가고 있다. 안경과 마스크가 만나는 지점까지만 한정적으로 하는 화장기술도 터득하게 되었다. 파운데이션은 굳어버리고 립스틱은 말라비틀어졌다. 바이러스는 코뿐만 아니라 한 조각 웃음기마저 먹어치워버렸다.

코로나로 인해 이 코가 사라지는 걸 어찌해야 할까. 가라앉은 콧등과 튀어나온 입술을 감추고 눈빛만으로 일하니 박수라도 쳐야 하나. 비밀스러운 언어일랑 입마개 속에 꼭꼭 숨겼으니 "눈으로 말해요, 살짝이 말해요. 남들이 알지 못하도록 눈으로 말해요"라고 추억의 유행가라도 불러야 하는지.

하루 한번 마스크를 떼어 던지고 거울을 들여다볼 때마다 깜짝깜짝 놀란다. 작은 코는 더욱 납작해지고 웃지 않는 입은 심하게 도드라져 있다. 내가 숨쉬기 힘들었던 게 마스크 탓만은 아니었던 모양이다. 나의 코는 가출한 것도 출가한 것도 아닌, 부직포에 푹 파묻혀 죽음을 맞이해야 했으므로 못내 허망할 따름이다. "네 코에 대해 말해줄까?" 하던 여인의 목소리가 비로소 들리는 듯하다.

이것은 대화의 감옥인가, 열쇠 없는 정조대인가. 인터넷에 '코'라는 단어 한 글자만 입력해도 코로나가 1순위로 떠오른다. 코가 더 이상 얼굴의 중심이 되지도 않을 뿐더러, 자신의 코를 만지기도 떠름한 세상. 여인의 입심보다 더 무서운 바이러스시대에 살고 있다. 정제하지 않은 그녀의 개그가 그리울 지경까지 오게 될 줄이야. 코와 입술을 지운 반쪽짜리 얼굴에 익숙해져야 한다니. 마스크와 언어의 힘이 크게 다르지 않건만.

이 모든 현실이 한바탕 꿈이라면 얼마나 좋을까. 입에 올리기도 싫고 생각하기도 버거운, 코만 둥둥 떠다니는 위정자들의 콧대만큼이나 교활하고 간사한 단어 코비드. 그러나 '그 덕에' 내 코가 원래 없었다는 사실을 알게 되었으니, 무심코 이렇게 외친다.

"이런, 코로나-19 같으니라고!"

# 어쩌다 나비춤

딸 하나가 출가하자 홀가분했다. 이십 청춘에 생긴 자식이니 그 애착이 남달랐으나 내심 치우고 싶었다. 결혼식장에선 뭐가 그리 서글픈지 주책없이 눈물을 쏟았다. 웨딩드레스 속, 한 송이 꽃봉오리를 본 순간 이성은 꼬리를 감추어버렸다.

아깃적 그 애는 신혼의 놀이터가 돼주었다. 자라서는 친구나 스승처럼 어미와 동행했다. 그림에 빠져 있던 아이, 자유를 갈구하던 아이는 한때 거리의 화가로 지내기도 하였다. 나의 첫 문장을 읽은 첫 번째 비평가 역시 첫딸 지혜였다.

"내가 엄마를 낳아줄게. 그러니 너무 아파하지 마."

아이는 내 손을 잡으며 나지막이 위로해주었다.

신혼을 충분히 즐긴 뒤에 아기를 갖겠다던 지혜의 계획은 무산되었다. 어느 날 딸애는 임신테스트기 사진을 보내왔다. 선명한 줄 두 개가 찍혀 있었다. 태아의 윤곽이 또렷해지자 지혜는 태명을 지어

달라고 부탁했다. 재고의 여지도 없이 "고도리!"라고 답했다. 상대는 "오케이!"였다.

아기가 태어날 때까지 태명은 '도리'가 되었다. 사위는 자신의 프로필에 매화, 흑싸리, 공산명월 열 끗짜리 화투 석 장을 찍어 올렸다. 참으로 절묘했다. 연애, 결혼, 임신까지 일사천리로 진행되었으니 부모나 자식이나 정신이 하나도 없었다.

지금 나는 지혜네 집에서 모자母子를 돌보고 있다. 말동무 말고는 어미로서 특별히 해줄 게 없으니 아쉬울 따름이다. 자식에게 줄 수 있는 건 낡은 모정밖에 없다. 아기와 함께하는 삶의 변화는 오롯이 딸과 사위가 감당할 일이다. 아이는 그저 "엄마가 곁에 있어주는 것만으로도 위안"이라고 한다.

나비잠을 자는 도리의 모습이 지혜의 그 시절과 꼭 닮았다. 뱅글뱅글 도는 모빌을 쳐다보며 나비춤을 춘다. 나비처럼, 나비를 흉내 내는 춤꾼처럼 나비옷을 팔랑이다 아기는 잠이 든다. 나비의 언어는 자유. 나비춤을 추다 나비꿈을 꾸고 나비를 쫓다 나비를 잃으면 아기는 꿈에서 탈피하여 울음을 터뜨리는 게 아닐까.

놀란 아기를 어미가 감싸안는다. 심장과 심장이 교차하고 배와 배가 맞닿는다. 아기는 엄마 품에 엎드려 다리를 옹크린다. 동그란 자세를 최적화한 아기가 어미 가슴에 단단히 붙어 있다. 이곳은 허허한 바깥, 차가운 공기. 아직도 자궁인 양, 아직도 한몸인 양 고치가 되어 앉아 있는 모자의 풍경이 태아적 생애를 통째로 담아낸다.

"나비가 날아가버렸니? 나비를 놓쳐서 속상했구나."

엄마는 나비잠에서 깬 아기를 위로하고 아기는 엄마 목소리에 안도의 숨을 내쉰다. 아기가 보챌 때마다 스스럼없이 가슴을 여는 내 아이의 기쁨과 눈물이 육아의 서막을 암시하는 듯하다.


지혜는 아기를 '어렵다'라고 표현했다. 밤샘은 당혹스럽고 유축乳畜은 고독하다고 하였다. 시간은 백색소음처럼 하루를 압박한다고 하소연했다. 자신도 나비가 되고 싶었으나 이렇게 나비옷을 입은 아기의 엄마가 되었다고, 젖 떼는 일이 이토록 마음 아픈 건지 몰랐다고 하였다. 세상 어렵지 않은 게 어디 있으랴. 어려움 가운데 최고의 어려움이야말로 아기를 키우는 일이다. 인생은 잭팟이 아니니 이제부터가 실전일 것이다.

짙은 해 그림자가 서쪽 하늘 밑으로 기어드는 초여름 저녁이다. 곧 천둥이 치고 비가 내린다고 한다. 지혜는 신혼의 낭만을 출산의 한판승으로 갈음하였다. 어미의 자유이자 나비였던, 나의 '처음이던 그 아기'가 아기를 낳다니. 압통壓痛 같은 세월. 생모의 부재로 어엿하지 못했던 사십여 년 체증이 일시에 가라앉는다. 번잡한 청춘의 이름은 황혼녘에 날려버릴 일이다.

태어나자마자 아기는 태명 대신 제 친조부가 지어준 진짜 이름을 갖게 되었다. 나도 정식으로 할머니라는 호칭을 받아들여야만 할 것 같다. 그나저나 손자 때문에 내 맘대로 살긴 글렀다. 폭염이 다 가오리라. 나는 딸을 낳고 딸은 엄마를 낳고 엄마는 나를 낳고 나는 또…. 허, 그것 참!

# 착한 발에 날개 달고

중학교 1학년 시절, 2차 성징에 한창 신경쓸 즈음이었다. 한여름 날 옆방 순경 아저씨 댁에 놀러간 적이 있는데 아저씨가 내 발을 내려다보시더니 박장대소하였다. "여보, 시경이 발 좀 봐. 발가락이 어찌 이래 생겼나? 얼굴은 계집앤데 발가락은 짧고 뭉툭한 게 꼭 머시매 발 같구나, 하하. 발가락 벌어진 거 봐. 발가락 키가 다 똑같네. 정말 우습구나."

나는 쑥스러워 그만 얼굴이 벌게져서는 벽에 딱 붙어서 두 발을 모으고 발가락 열 개를 꼼지락거렸다. 아주머니가 그런 내 모습을 보고는, "아니야. 작고 예쁜데 뭘 그래" 하시며 그 상황을 급히 수습하는 거였다. 그때 보았다. 아주머니 맨발은 발가락끼리 비스듬히 누워 있어 그 모양새가 참 기다랗고 반드러우며 큼지막하게 생겼었다.

나는 외형에 비해 발이 매우 작은 편이다. 그러나 작기만 할 뿐이

지 그다지 우습게 생긴 것은 아니다. 발이 생기다 만 것처럼 보이는
건 순전히 몽당연필 같은 열 개의 발가락 때문이다. 좋게 표현하자
면 내 발은 그저 덜 자랐을 뿐, 심지어 손보다는 밉지 않고 발바닥
아치 모양도 옴팍 들어간 게 좀 상냥하게 생겼다. 어른들은 여자가
발이 크면 못쓴다고 하였다.

어떤 이들은 내 발을 보고 아주 곱살스럽게 생겼다고도 하였다.
나는 그 말이 꽤 듣기 싫었었나보다. 길고 뾰족한 발가락을 갖고 싶
은데, 운동이나 무용을 잘하는 사람들 발 모양은 참 미끈하고 날렵
하기도 하던데, 나는 뉘를 닮아 왜 이렇게도 발이 쪼그만지, 발가락
은 왜 또 싹둑 잘린 것처럼 무디고 어정쩡하게 네모꼴로 생긴 건지,
왜 여자 발은 착하고 얌전하게 생겨야 하는지, 아무짝에도 쓸모없
이 그저 부지런해야 먹고사는 걸 달고 다닌다는 생각이 들기도 하
였다.

내 발은 좀 억울하게 생겼지만 그 때문에 오해를 불러일으킬 만
한 것도 같다. 225밀리미터밖에 되지 않는 나의 발은 걸을 때마다
보폭을 조절하느라 엉덩이를 실룩거려야만 했다. 그 탓인지 여중
고 시절 간혹 오리궁둥이란 별명으로 놀림을 받기도 하였다. 짓궂
은 아이들이 뒤에서 따라오다가 "야, 오리궁둥이! 너 일부러 흔드는
거 아냐? 너무 흔들어댄다. 어지간히 꼬리처라" 하고 장난치며 웃었
다. 친구들은 걸음걸이만 보고도 저 애가 누구란 걸 금세 알 수 있
다고 했다. 하지만 마음 좋은 친구들은 뒤뚱발이인 내 뒷모습을 꽤

나 매력적이라고 치켜세워주기도 하였다.

여고생의 상징이던 플레어스커트를 벗어던지고 성년이 되자 그 오리궁둥이는 볼이 뾰족하고 '잘 빠진' 구두를 신고 다녔다. 그리고 엉덩이가 되똥거리거나 말거나 아예 뒤태가 도드라지도록 꽉 끼는 타이트스커트를 입곤 하였다. 또 남들과 함께 걸어다닐 땐 발이 좀 편안하고 그들과 비슷한 품새로 걸을 수 있게 한 치수 큰 신발을 사서 신었다. 양말 위에 덧신을 겹쳐 신든지 두꺼운 깔창을 깔아야 했음에도, 주눅들었던 내 발은 날개를 단 것처럼 나날이 기세가 당당해지고 보폭도 적당히 조절할 수 있게 되었다.

때론 걸림돌에 부닥치고 때론 텅 빈 공중에 헛발질하며 당글당글 살아가는 발. 나는 식당에서 일하는 여자의 발들은 죄 거칠고 크며 보기 흉할 거라 생각했었다. 하지만 어떤 이의 발은 놀랍게도 내 것보다 5밀리미터나 더 작았다. 22센티미터의 발을 가진 조선족 교포 성옥 씨는 한 주먹도 안 되는 예쁜 발로 물 찬 제비처럼 가게 안을 날아다녔다. 그녀가 발가락을 오므리면 한 손으로도 그 발을 감쌀 수 있을 것만 같았다. 그러나 뾰족하고 굽 높은 구두를 신고서 먼 길을 출퇴근하는 바람에 그만 그녀의 발에 병이 나고 말았다. 운동 삼아 걸어다닌다던 성옥 씨의 발등이 벌겋게 달아오르고 점차 부어오르기 시작했다. 서로 손발을 맞추며 장난치고 신기해하던 우리는 그 여린 발 때문에 결별할 수밖에 없었다.

발이 작다고 복스럽다거나 바지런하리라는 시대는 멀리 물 건너

●

갔다. 키도 크고 발도 큰 요즘 젊은 여성들의 모습이 어느 때는 외려 건강하고 감각적으로 보이기도 한다. 아무리 보아도 내 발가락은 짤막하고 뭉툭하다. 페디큐어로 장식해도 때깔이 나질 않는다. 내 발은 참 토속적으로 생겼다. 오죽 내세울 게 없으면 발 이야기냐 하겠지만, 맨발에 덧신 하나 신고 식당을 누비고 다니느라 닳고 닳은 발바닥에 경의를 표한다면 적잖이 허세일까. 애써 군말 없이 하중을 견디는 두 발이니, 안분지족安分知足에 빗대어 '족足의 족足함'으로 서툰 위안이나 삼아야겠다.

이제 보니 아직 내 발은 참 자랑할 만하게 생겼구나. 온갖 잡것을 만지작거린 이 손보다야 때가 덜 묻었으니 가히 그것은 높은 곳에 앉은 것만 못지않으리라. 아무렴 어떠리. 날아라, 착한 발들이여.

# 부끄럽지 않아요

화이트, 위스퍼, 한초랑, 엘리스, 릴리안, 한결, 귀애랑….

세상에 이처럼 고결하고 아름다우며 사랑스러운 이름이 또 있을까.

가난한 소녀에게 한 달에 한번씩 찾아오는 월경은 반갑지 않은 친구이다. '있는 집'과 '없는 집'이 확연히 갈리는 날이 바로 그날이기 때문이다. 이는 남자도 모르고 선생님도 모르며 남자 선생님은 더더욱 모른다. 남자와 선생님이 모르니 성숙한 여학생들은 가히 미칠 지경이다.

초등학교 때 엄마와 사별한 나는 생리현상에 대해 그 누구와도 상의할 수 없었다. 옆집 아주머니에게도, 자취생 언니에게도 그것은 하나의 부끄러움이요, 나 혼자만의 비밀이었다. 집안에는 금지옥엽 이대독자 종손인 오빠와 아버지가 버티고 있었으며, 단칸방도 어떤 때는 장남의 공간이 되곤 하였다. 외아들의 참고서와 문제집

조달도 힘든 형편에 나는 단 한번도 아버지나 오빠에게 생리대 살 돈이 필요하다고 말한 적이 없었다.

중학교 이학년, 한여름날 학교에서 터진 월경은 엄마도 언니도 없는 소녀를 당황케 하였다. 수업시간마다 선생님이 호명하여 자리에서 일어나면 봇물 터지듯(요즘 유행하는 말로 '굴을 낳는' 느낌이라는데) 아랫도리가 흥건해지기 시작했다. 서로 다른 교과 선생님들의 질문에 때론 아는 답도 말하지 못하고 쩔쩔맸다. 아니 쏟아지는 느낌과 더불어 머릿속은 피범벅이된 것처럼 뒤죽박죽이 되어버리곤 했다.

있는 집 아이가 가장 부러웠던 건 칼날처럼 날카로운 모서리를 가진 새로운 참고서도, 비행장 다니는 아버지 덕에 매일 싸오는 부잣집 아이의 햄 소시지 반찬도 아니었다. 그건 그 애의 소중한 용돈, 그 애의 가방에 비치되어 있는 '보송보송한 생리대 세 개'였다.

학교 매점에서는 생리대를 낱개로 판매하고 있었다. 한 개에 얼마였는지 잘 기억나진 않지만 나는 그것을 사기 위해 아이들에게 돈을 꾸러다녔고, 뒷자락 느낌이 좋지 않다고 여겨질 때마다 구걸하듯이 그것을 빌려 썼다. 월경 때마다 친구들에게 생리대를 빌리는 일은 쉽지 않았다. 그렇다고 학교 의무실에서 손쉽게 얻어다 쓸 수 있는 성질의 것도 아니었다.

1970년대의 생리대는 그다지 질이 훌륭하지 못했다. 젤리처럼 응고되는 물질도 첨가하지 않았다. 그것은 병원에서 소독할 때 쓰는 거즈나 탈지면보다도 약해빠졌으며 하다못해 어떤 것은 화장지를 몇 겹 겹쳐놓은 것은 아닐까 의문이 들 정도로 푸석거렸다. 도시락을 나눠먹는 것보다 힘든, 그것을 꺼내주는 일은 서로에게 짜증나고 탐탁지 않은 불문율이었다.

더욱 가관인 것은 체육시간이었다. 당시 내가 다니던 여학교 체육복 바지는 흰 색이었다. 새하얀 바지를 입고 남자 선생님의 지휘에 맞춰 행진을 한다. 때론 대형 체육관에서 두 다리를 올렸다 내리는 스트레칭도 한다. 운동장을 돌고 토끼뜀을 한다. 철봉 매달리기, 이어달리기, 윗몸일으키기, 높이뛰기, 멀리뛰기, 피구와 오자미, 운동회를 한다. 더더욱 할 말을 잃게 만드는 일은 흰 색 체육복 바지를 입고 먼 저수지까지 소풍을 갔다온다는 것이다. 한번은 그날이 장날인 어떤 아이가 대담하게도 교복치마를 입고 학교에 나와 선생님한테 호되게 야단맞은 적이 있었다.

소풍 가고 수학여행 가는 날은 왜 그리도 터지는 아이들이 많이 생기는가. 나 또한 축제에 민감해서 장장 두어 시간 행군을 하고 오면 바지 밑이 영 불안해지는 거였다. 삼삼오오 집으로 돌아가는 여학생들의 뒷모습을 바라보면 저만치서 엉덩이에 손을 대고 엉거주춤 걸어가는 아이들이 보이곤 했다.

누가 여학생에게 흰 색 바지를 입히는가. 이제 와 생각하건대, 그러한 발상은 어떤 사람에게서 나오는지 도무지 짐작할 수가 없다. 여학생에게 흰 색 운동복을 입히는 일은 삼가야 할 일이다. 가여운 소녀에게 있어 흰 색 바지 착용은 적과의 동침과 다르지 않다.

어느 날, 작은딸과 대화를 나누다가 아이의 이야기에 나는 고개를 저어야 했다. "엄마, 지금도 신발 깔창으로 밑을 받치는 아이들이 있어." 당신은 이것이 말이 된다고 생각하는가. 인정하고 싶지도 않고 믿을 수도 없었다. 지금은 내가 겪었던 1970년대가 아니지 않느냐 말이다.


순면처럼 속살처럼 하얗고 부드럽게 속삭이는, 뼛속까지 순량하고 소박해서 도무지 만질 수조차 없는 이름의 홍수에 묻혀 살고 있다. 집안에 여자 셋인 나는 한때 생리대 값을 감당못해, 대형마트의 반짝 할인코너에서 물건을 사다 쓰곤 하였지만 그것의 품질에 대해선 전혀 무지하였다. 기쁜 마음으로 한 뭉치 가져오면, 내 아이들은 이것은 '위험한 것' 혹은 '내가 안 쓰는 것'이라며 포장을 들여다보곤 뜯어보지도 않는 거였다. 그 이유는 당사자만이 알 수 있는 일. 어느 누구도 이 문제에 대해 손가락질할 자격이 없는 것이다. 여자아이들은 민감하다. 월경을 통한 모든 생체리듬은 소녀의 생명력과도 같다. 여성의 생리현상에 관한 발언은 전 생애를 통한 그녀의 합리적 권리이며 자유이다.

온종일 학교에서 생활하는, 발육이 왕성한 여학생들이 천으로 그것을 만들어 쓰는 일은 불가능에 가깝다. 그것을 만들려면 또 다른 '깨끗한' 피륙과 그것을 소독할 수 있는 안전한 검증법이 마련돼야 할 뿐더러, 이는 '선택'이라는 명분으로 어린 소녀들로 하여금 억압받는 일을 생산하고 재배치하라는 주문에 불과한 것으로 보일 수도 있기 때문이다.

하물며 천사 같은 물건의 '제목'만큼이나 그것이 여성을 안전하게 감싸주는지는 본인 아니고서야 누구도 깨닫지 못할 일이다. 생리대에 날개를 다는 게 의미가 있는지는 잘 모르겠다. 날개를 길게 달아서, 더 크게 달아서 가격이 올라가야 하는가. 정말 엄청나서, 스스로 조절하기 힘든 날에는 가벼운 날개도 천사를 구름 위로 올려주지는 못한다. 생리대에 유해성분이라니, 발암물질이라니, 신발 깔창이라니, 기가 막히고 미안하구나.

지금, 내 딸의 휴지통이 '고급스러움'으로 가득한 것에 축복과 안도의 숨을 내쉬어야 할까. 깨끗하고 건강하길 원하는 아이들의 행위에 뭐라 꾸짖을 엄두도 나지 않는다. 적어도 엄마인 나는, 아직 내가 낳은 아이들 곁에 있고 아낌없이 갈아치우는 저들의 방식에 대리만족을 할 뿐이다.

나라님께 간청하건대 나의 소녀시절을 답습케 하지 말아주시길, 학교 양호실마다 충분한 양의 위생용품을 비치해주시길, 가격논쟁은 고사하고 할 수만 있다면 여중고교생들에게 이것만큼은 무상으로 제공해주시길. 그리하여 깔창이라는 용어가 그녀의 소중함으로부터 벗어나게 되기를.

●

# 제2장 욕망에 관하여

# 작은 남자

내게는 한 남자가 있다. 이건 아주 커다란 비밀이고 경우에 따라 비극이 될 수도 있다. 벗이여, 문우여, 지인들이여, 내 가족이 알면 나는 재활용도 안 되는 쓰레기하치장에 던져질지도 모르니 부디 그대들만 알고 계시라.

나는, 실은 두 명의 남자와 함께 살고 있다. 두 남자는 종일 번갈아가며 이 여자를 괴롭히지만 그 중 하나가 압도적으로 나를 구속한다. 그는 아주 작은 남자인데, 하루에도 몇 번씩 저만 바라봐달라고 투정을 부린다. 최근에는 그 빈도가 더 잦아져서 내가 남편과 살고 있는지 작은 남자와 살고 있는지 헷갈릴 지경이다. 그 남자는 나의 일거수일투족을 주시하고 있다고 엄포를 놓으며 큰소리로 꾸짖어댄다.

작은 남자. 그는 곧잘 우울해하고 망상적인 내게 때에 따라 활력을 주고 용기를 북돋아주기도 한다. 정신이 온전치 못한 이 여자 곁에서

●

숨쉬고 있는 그 도도한 남성은 폭력적이면서도 종종 가부장적인 면모를 나타내기도 하는 것이다. 그가 사나울 수밖에 없는 이유를 적이 인지하면서도 나는 그에게 맹목적으로 순응할 수밖에 없다.

그 남자는 할 일을 끝내지 못해 전전긍긍하고 있는 내게로 다가와 "이 정도도 못해?" 하고 야단을 치다가, 곧 "당신은 분명 다 해낼 수 있을 거야"라며 감미롭게 속삭이기도 한다.

한번은 식당에서 숯불을 들고 가다가 넘어져 숯을 엎고는 벌겋게 달군 숯통에 팔을 심하게 덴 적이 있다. 나는 앉아서 눈물을 흘리는 대신 팔을 움켜잡고는 허공에 대고 심한 욕설을 퍼부었다. 그때 미약하나마 알게 된 것이다. 울음 없이 고통을 줄일 수 있을 만한 재주를 작은 남자가 가르쳐왔다는 사실을.

뭇 여성들처럼 타인의 여자가 되어 살아온 나 역시 혼자만의 숨을 곳이 필요하였다. 많은 이들과 부대껴 일할 때 난 그들 사이에서 악역을 자처해왔는데, 작은 남자로 인해 완전히 나쁜 여자가 되어버린 기분이다. 아내로서의 의무적인 생산과 생계활동은 내게 완벽하게 숨을 장소를 제공하지는 못했다. 육체적 물질적 교감으로 이루어진 실세로서의 남자 즉 나의 남편은 세간에서 부처로 여길 만큼 온순하고 다정하건만, 나란 여자는 이 작은 남자 때문에 악녀가 되었다고나 할까.

사람은 무기력해졌을 때 어떤 행동을 취하는가? 세상을 떠나고픈 욕망에 사로잡히거나 그럴 만한 용기가 없는 이들은 한숨 깊은 잠을 자는 게 훨씬 유익할 것이다. 그러나 내가 오수에 빠져 깜빡거릴 즈음에 작은 남자의 발걸음 소리가 들리기 시작한다. 그는 곧바로 다가와 뺨을 툭툭 치고 어깨를 흔들어 어리석고 약해빠진 여자라 손가락질하며, 마냥 잠에 빠져 꿈속에서 허우적거린다면 살 가치도 없을 거라고 조롱하듯 꺼드럭거린다. 너 같은 건 연민이나 동정 따위의 낱말조차 아깝다며 작은 남자는 귀뺨이라도 한 대 올려붙일 태세다.

시간이 흐를수록 작은 남자의 속박은 강도强度를 더하고 있다. 그는 어깨의 짐들을 털어내고 새벽을 달려보라고 외친다. 할 수만 있다면 하늘을 나는 새의 날개가 되어보라고도 말한다. 새가 될 수 없다면 새 흉내라도 내보라며 윽박지른다. 그러다가 저와 똑같은 남자가 되라고 요구하진 않을까 심히 걱정스럽다. 고요 속에 울려퍼지는 그의 명령은 마술사의 주문과 다르지 않다.

이러한 강박은 순전히 그 작은 남자가 내 곁에서 떠나지 않기 때문에 생겨난 것이다. 작은 남자는 내게 자꾸만 무한한 새로움을 부추기고 있었다. 고뇌가 극심해질 때마다 그가 귀신같이 달려와 "해봐. 할 수만 있다면" 하고 씩 웃어보였으니까. 그러나 과연 나 자신을 깨뜨릴 수 있을 것인가. 나는 늙어가지만 그는 하루하루 자란다.


「작은 여자」라는 단편을 읽으면 카프카의 놀라운 다중적 내면을 경험할 수 있다. 나는 카프카의 작은 여자를 통해 그와 나를 동일시

●

하고 그의 내적 갈등을 작금의 의식에 투사하게 되었다. '나는 왜 사는가'라는 의문으로 방황하는 자신에게, 작은 여자 이야기는 마른 하늘에서 내리꽂히는 번개의 화살과도 같았다.

진딧물처럼 빌붙어사는 작은 남자의 유수한 행동들이 카프카의 작은 여자와 별반 다르지 않는 듯하다. 그녀가 카프카에게 속삭이듯이 이 남자 역시 내게 자꾸 간섭을 하지만 그런 구속이, 파괴가, 깨우침이 기괴하다 못해 희열을 느끼게 한다.

'가는 데마다 달라붙어 화를 내는' 여자. '사랑의 고통'도 아니면서 '괴로워할 이유'도 없이, '화내는 것만이 두 사람의 유일한 관계'라고 말하는 카프카의 심정을 이해할 만하다. 법과 제도에 철저히 충실했던 그는 현실을 회피하고 싶었을 것이다. 어쩜 자기의 소심하고 불안한 내면을 작은 여자의 목소리를 통해 표출하고 싶었던 것은 아닐까.

감성적이고 섬세한 카프카. 그의 여자는 선일까 악일까 아니면 정의로움일까. 살아생전 얼마나 많은 규범들이 자신의 숨통을 옥죄었을까. 그가 이 시대에 태어났다면 중성적인 삶을 살 수도 있었겠으나, 여인이 될 수도 없으니 작품 속 곤충으로 우화한 것은 아닐까. 집요하고 인내심 많은 여성보다는 비교적 나약하고 순종적인 벌레가 자신에게 완벽하게 어울린다고 생각했나보다. 주인공의 버둥거리는 이미지는 작은 여자에게 지배당하는 작가의 형상에 부합하는 듯하다. 작은 여자는 갑충의 다리에 촘촘히 박힌 가시처럼 그의 삶을 긁어놓는다.

"이보게, 가여운 사람아. 살면 얼마나 살겠는가. 그러니 여자가 아닌 당당한 인간이 되게나." 내 영혼에 작은 구덩이를 파두고 불씨를 마련해준 작은 남자의 속삭임이 들려온다. 내가 이런 어쭙잖은 글을 쓰는 이유는, "작은 남자가 등 뒤에 숨어 나를 끊임없이 괴롭히고 있다"라고 당당히 토해낼 수 있는 날이 오길 바라는 마음 때문이다. 카프카의 작은 여자처럼 이 작은 남자도 내게 그런 모험을 감행할 수 있도록 도와줄지는 심히 의문이지만 말이다.

우리의 검은 침묵 속에 작은 여자와 작은 남자가 숨어 있다. 그들은 교만과 위선의 가면을 파괴하려 호시탐탐 기회만 엿보고 있다. 가족에 대해 끝없이 걱정하는 주인공의 집착이야말로 '분노와 절망의 눈물을 흘리며 늘 해명을 늘어놓는' 작은 여자의 목소리는 아니었을까. 끝내는 자기만의 작은 여성과 합작해서 파놓은 문학이라는 굴로 숨어버렸지만.

여자는 카프카를 진정 자유롭게 해주었으리라. 카프카여, 그 영혼의 어깨 위에 손을 얹고 당신의 여성성을 경애하는 바이다. 나의 적敵은 대상이 없으니 쓰레기장에 던져지든 말든, 이로써 내 안의 작은 남자에게 충성할 수밖에 없음을 느낀다.

영원한 변신을 꿈꾸던 카프카의 작은 여인이여, 당신이 이겼으니 이제 편히 잠드시길.

●

# 산마루 연가

그녀는 일곱 가구 사글세집 가운데서도 가장 후미진 골방에 살았다. 컴컴한 방과 한 몸이 된 듯, 종일 담배를 피우며 기침하는 홀아버지. 그 아버지를 공양하며 살림만 하는 조용한 소녀. 영이 언니는 어른도 아이도 아닌 어른아이였다. 언니가 학교에 가지 않는 이유를 난 알지 못했다. 학교에 왜 안 다니냐고 언니에게 묻고 싶었지만, 아빠는 그런 질문은 하는 게 아니라며 입단속을 했다. 영이 언니는 초등생인 나보다도 키가 작았다. 언니는 자기가 학교에 다닌다면 아마 여고생이 되었을 거라 말했다. 내가 사오학년 때쯤이었으니 잘은 몰라도 나보다 한 대여섯 살 정도는 더 먹었을게다.

한번은 언니가 빵을 만들어준다며 부엌 깊숙한 곳에서 밀가루를 퍼왔다. 그녀는 한참 동안 반죽을 치대더니 검은 프라이팬에 쇼트닝을 둘러 빵을 구워주었다. 자, 먹어봐. 언니는 빵을 잘라서 내 손에 얹어주었다. 빵에서 오래된 밀가루와 돼지기름 쩐 내가 올라왔

●

54

지만, 한입 베어물자 누룽지 같은 바삭한 식감이 순식간에 기분 나쁜 냄새들을 중화해 렸다.

## 한 사람 여기, 또 그 곁에. 둘이 서로 바라보며 웃네.*

나랑 쑥 캐러나갈래? 봄바람이 미지근하게 불어오자, 영이 언니는 마대자루와 호미를 들고 부엌 앞에 서서 물었다. 우린 시외버스를 타고 어느 시골 들판에 내려앉았다. 아, 하늘빛이 참 좋구나. 언니는 쉼 없이 노랠 부르고 또 쉼 없이 자리를 이동하며 자잘하고 여린 쑥을 솜씨 있게 캤다. 내가 캔 것은 죄 쇠어서 쓸모없는 것들뿐이었다. 그렇게 캐면 집에 가서 엄마아빠한테 혼난다며 언니는 자기가 캔 쑥을 내 자루 속에 넣어주었다.

어느 겨울밤, 다섯 식구의 옷가지가 벽돌색 고무대야에 가득 쌓이자 아빠는 영이 언니를 불러 빨래를 부탁했다. 언니와 나는 부엌 바닥에 깔개를 하고 마주앉아 옷가지들과 신발을 빨았다. 영이 언니는 말문이 튄 아기처럼 말을 쏟아냈다. 언니가 재밌는 얘기를 많이 해줘서 빨래하는 시간이 지루하지 않았다. 얼룩덜룩한 빨래가 몇 차례 구정물을 벗고 부뚜막에 켜켜이 쌓였다. 아빠는 꽤나 시끄러웠던지 그만해도 된다며 영이 언니에게 수고비 이천 원을 내주었다. 언니는 "아직 다 못 헹궜는데…. 고맙습니다" 하고는 공손히 지폐 두 장을 받아쥐고 일어섰다.

●

## 먼 훗날 위해 내미는 손, 둘이 서로 마주잡고 웃네.*

한낮의 태양이 이울고 서쪽 하늘이 붉은 빛으로 물들 즈음, 언니는 통기타를 들고 언덕 뒤편 낮은 모롱이로 나갔다. 그곳에 작은 두 다리를 걸치고 신작로를 내려다보고 앉아 기타 줄을 팅기며 노래하기 시작했다. 저녁 밥상을 물리고 홀아버지 기침소리가 잦아들 때면 언니는 매일 그렇게 통기타를 끌어안고 연주했다.

문방구와 선술집, 도넛집과 쌀가게, 점방과 국수집, 사진관이 어우러진 신작로에 떠돌이 유령처럼 밤기운이 배어들었다. 어둠 사위로 어린 소녀가장의 노래와 철부지 옆집 아이의 박수 소리만이 부연 달무리마냥 퍼져가고 있었다. 나날이 문간방 창틈으로 영이 언니의 노랫소리가 흘러들었다. 나지막한 기타의 선율은 갈라진 담벼락 새로 낙숫물 스머들 듯, 빈약한 피부와 점막을 뚫고 셋방 사람들의 세포 속으로 가라앉았다. 간혹 아기 칭얼대는 소리, 간혹 씻는 소리, 간혹 구시렁대는 과수댁의 음성이 적막 속에 파문을 일으키곤 했다.

엄마의 숨소리가 점점이 약해지면서 난 초등학교 졸업반이 되었다. 깡마른 엄마의 팔다리를 한차례 주무른 뒤 식구들 눈을 피해 문밖으로 나왔다. 그러고는 기타 줄을 팅기고 있는 영이 언니 곁으로 슬금슬금 다가갔다.

조심해, 어두워. 떨어질라. 땅바닥의 굴곡조차 느낄 수 없는 컴컴

56

한 장막 속에서 손짓하는 영이 언니의 체온이 전해졌다.

이리 와 앉아. 노래 불러줄게.

## 한 사람 곁에 또 한 사람, 둘이 좋아해.*

우리는 참 비슷한 점이 많아. 그치? 나는 아부지가 아프고 너는 엄마가 아프고, 그치? 영이 언니는 간간이 노래를 멈추며 속내를 털어놓았다. 그녀는 단 한번도 사투리로 말하지 않았다. 표정의 변화도 거의 없는 데다 품행은 다소곳했으며, 늘 서울 말씨로 단답형 언어만 일정하게 구사할 뿐이었다.

울 아부지가 너무 아파서, 중학교를 자퇴했어. 학교에 가고 싶었지만 갈 수가 없었어. 엄마는 어디 갔는지 나도 몰라. 엄마도 없고 아부지가 저렇게 기침을 해서 아무것도 못하잖아. 그러니 어떡해. 내가 돌봐드려야지. 진지를 차려드려야지 되니까.

천천히, 따라 불러봐. 재밌을 거야. 노래가 얼마나 좋은데. 힘든 것도 잊게 해줘.

있잖아. 난, 언젠가는 서울로 올라갈 거야. 서울 가서 하고 싶은 공부도 하고 가수도 되고 싶어. 돈 많이 벌어서 아부지 병 꼭 고쳐드릴 테야. 근데… 난, 네가 참 부럽다.

달보드레한 그녀의 반주에 곁에 앉은 계집애는 저도 모르게 노래를 따라 부르고 있었다.

●

# 긴 세월 지나 마주 앉아, 지난 일들 얘기하며 웃네.*

쌓인 낙엽처럼 적막하고 호젓한 계절. 만추를 닮은 거울 속의 여인은 반백半白의 헝클어진 머리카락으로 컴퓨터 앞에 앉아 있다. 사십여 년 세월이 지나가버린 가을밤은 왜 이리도 가칠하고 써늘한지. 나는 또 홀로 앉아 맥주 한 잔 흘려넘기고 있다. 목을 축이다가 한 줄 끼적이고 또 한 모금 들이켜다가 나도 모르게 노랫말을 흥얼거리기도 한다.

"한 사람 여기- 또 그 곁에-. 둘이 서로… 둘이 서로…."

영이 언니, 잘 살고 있으리라고. 가수의 꿈을 이루었으리라고. 어둔 골방에서 나와 세상을 향해 날개를 펼쳤으리라고. 둘이 서로 지난 일들 얘기하며 웃으면 좋겠다고. 정말 좋겠다고. 이 가슴은 왜 이다지 오래된 벽지처럼 눅눅한지 나도 모르겠다고 생각하는 하루.

강산은 하염없이 변화하고 아파트 장벽은 천만 배나 단단하여라. 산마루의 곡조는 뇌리에 박혀 영영 철거되지 않으니.

*가수 양희은 노래 〈한 사람〉에서 가져옴.

●

# 옥희는 행복해

옥희는 사랑스럽게 생긴 아이였다. 「사랑손님과 어머니」에 나오는 계집애처럼 매우 감각적이고 당차게 생겼다. 키는 크고 적당히 마른 데다 살짝 말린 곱슬머리에 얼굴도 예쁘고 공부도 잘했다. 무엇보다 흥얼거리는 저음의 코맹맹이 목소리가 매력적이었다. 옥희는 성격도 활기차고 웃음소리도 걸걸했다. 그 애는 예쁜 만큼 누구에게나 상냥했다. 옥희나 나는 서로 공통점이라곤 찾을 수가 없었다. 난 수학도 잘하고 국어도 잘하며 친구들에게 인기 많은 옥희와 가까워지고 싶었다. 틈날 때마다 옥희 곁으로 가서 친한 척을 하였다. 그 애의 글씨체를 따라잡으려 밤새 펜글씨 연습도 하였다.

중학교 2학년, 국어선생님은 수업시간에 교과서에 실린 황순원의 「소나기」를 읽고 감상문 쓰는 즉석 글짓기대회를 열었다. 소설 내용은 여학생들의 문학적 신비를 자극하기에 충분했다. 바지런한 아이들은 선생님이 나누어준 갱지에 빠른 속도로 독후감을 적어냈다. 당연히 옥희가 가장 잘 썼다는 칭찬을 받았다. 옥희는 "소녀야, 너는 소년의 마음을 왜 몰라주니" 하는 편지글 형식으로 썼을 것이다. 옥희는 교내 백일장대회에서 거의 모든 상을 휩쓸었다. 나는 옥희에게 「무지개를 찾아서」라는 제목의 짧은 글을 지어 보여주었다. 우린 교환일기를 나누며 십대의 소나기를 만끽했으나 난 그 애의 글짓기 실력에 매번 좌절하였다.

옥희는 눈비 내리는 무채색 하늘을 좋아했다. 나도 그 애처럼 빗방울 소리가 좋았다. 쇠못 같은 물줄기가 황갈색 운동장에 내려앉아 파문을 일으킬 때면 여학생들의 감성은 극도로 우울해졌다가 되살아나곤 하였다. 여름비 오는 날이면 소녀들은 박하사탕 같은 풍경에 취해 날뛰었다. 몇몇 아이들이 순정만화의 여주인공처럼 교실 밖으로 나와 교복이 흠뻑 젖도록 뱅뱅 돌았다. 가끔 하늘을 올려다보며 두 팔로 빗물을 받는 포즈를 취하기도 했다. 그러고는 연극배우라도 된 양 "시몬, 비 내리는 숲으로 가자. 빗물은 이끼와 돌과 오솔길을 덮고 있다. 시몬, 가까이 오라. 우리도 언젠가 비가 되리니. 시몬, 너는 좋으냐. 빗방울 구르는 소리가" 하며 레미 드 구르몽의 「낙엽」 시구를 즉흥적으로 바꾸어 읊조리는 것이었다.

"쟈는 시인이 되고 싶은게벼."

"쟈는 비랑 너무 잘 어울리는 거 가텨."

"쟈는 나중에 연예인허면 되것어."

"가시내들, 지랄허네."

친구들이 처마 밑 계단에 늘어서서 그 귀여운 낭만주의자의 치맛자락이 뱅글뱅글 돌아가는 모습을 구경하며 웃었다. 단발머리들의 까르륵거리는 웃음소리가 빗소리에 녹아내리고 여러 개의 운율이 뒤섞여 교정의 배경화면을 가로지르고 있었다.

소녀의 머리칼에서 빗물이 흐르고 비에 젖은 곱슬머리가 더욱 구불거렸다. 군청색 치마는 풀을 먹인 것처럼 뻣뻣하게 달라붙었다. 얇고 흰 교복 저고리에 속옷이 도드라질 때쯤 누군가 손짓을 하며 외쳤다.

"야들아! 시작종 쳤어. 빨리 들어와. 선생님 오신다!"

옥희는 한번 더 뱅그르 돌더니 계단을 냅다 뛰어올라갔다. 옥희의 웃음소리는 억압된 칠십년대 중학교 학창생활에 활력을 주었다. 나는 빗물에 흠빡 젖은 소녀의 정수리에서 작은 꿈들이 아지랑이처럼 피어나는 것을 느낄 수 있었다. 옥희는 나의 모범이고 여신이었으며 목적이요 이상이었다. 저토록 다부지고 야무진 행동을 서슴지 않고 하니 필시 멋진 숙녀가 될 거라 추상推想하였다.

오똑한 콧매에 눈웃음이 매력적이던 아이. 중학교를 졸업한 뒤로 옥희와 마주할 수 없었다. 해가 세 번 바뀌고 사회에 첫발을 내딛던 열아홉의 여름, 군산 영동의 금성대리점에 취직했을 무렵이었다. 검은 장부가 빼곡히 꽂힌 철제책상 앞에 앉아 바깥 풍경을 내다보고 있었다. 지루한 한낮의 바람이 식어갈 때쯤 따르르 따르르 페달 밟는 소리가 들려왔다. 자전거 뒷좌석에 모로 앉아 청년의 허리를 부여잡은 구릿빛 미소. 신파新派의 한 장면처럼 불안하고 미숙한 연인들의 흐트러진 웃음이 한눈에 들어왔다. 그들은 점포가 즐비한 거리를 빙빙 돌며 도시의 여름을 만끽하고 있었다.

내가 헛것을 본 건 아닐 테지. 분명 옥희였는데. 그 애도 내가 앉은자리를 봤을 법한데. 나를 알아보기나 한 걸까. 한껏 부풀린 나의 파마머리가 소녀의 옛 모습을 지워버렸을 게 분명하다. 가무스름한 낯빛에 얇은 입술, 구불거리는 머리칼을 어깨 너머로 휘날리며 풍경처럼 그녀는 내 시선을 비켜갔다. 나는 딱 한번, 그렇게 그리던 친구를 봤다고 믿고 싶었을 뿐이다.

서른 해가 지나고 중학교 동창 밴드가 신설됐다. 마루와 복도가 나무판자로 삐걱거리던 모교는 사라져버렸다. 여중은 남녀공학이 되고 그 이름 또한 일반 중학교로 바뀌었다. 얼어붙은 땅에 새싹이 돋아나듯이 학창시절의 벗들이 하나둘 밴드에 모여들었다. 그곳에서 옥희를 만났다. 그 애는 내게 쪽지를 보내왔다.

"시경아, 너니? 보고 싶구나."

옥희는 과연 군포까지 한달음에 달려왔다. 까만 밍크를 걸친 호리한 외모가 사교계 귀부인인 양 빛을 발했다. 나는 젖은 앞치마를 두른 채 친구를 맞이했다.

앞바람이 입안으로 들어올 때마다 차분히 퍼지는 함박웃음, 살짝 겹친 덧니가 매력적이던 옥희는 성공했다. 한 가장의 유능한 내조자이면서 전업주부로 골프여행이 낙이라 하였다. 나는 볼품없는 수필집 한 권을 옥희 손에 들려주었다.

"옥희야, 어째 네가 할 일을 내가 하는 것 같구나" 했더니 "아하, 그래? 그게, 그런 거니?" 한다.

빗방울 속에서 춤추며 시를 읊던 아이. 나는 옥희가 진심으로 자기가 좋아하는 일을 해서 꿈을 이뤘으리라 생각했다. 어쩌면 행위예술가나 방송인이 되었을지도 모를 거라 여겼다. 글짓기를 잘했으니 국어선생님이 되었거나 소설가나 시인이 되었을지도 모르는 일이었다. 영어도 잘했으니 외교관이나 번역가, 혹은 승무원이 되었을지도 모를 터였다. 그 애는 예쁘고 똑똑해서 뭐든지 잘해내고 있을 것이라 생각했다. 그 생각들이 모두 맞은 건 아니지만 꽤나 적중했다.

장대비에 젖는 것을 싫어할 만한 중년의 기품. 가지런한 잇바디. 옥희는 단정하고 내내 평안해보였다.

# 사랑에 대한 미필적 소고 小考

## 욕망에 중독된 사람들

사랑의 종류는 무한하다. 사랑의 목적이나 이유도 여러 가지다. 사랑의 유통기한은 끊임없이 초기화되기도 한다. 헤어지면 뒤돌아보고 달려가고 싶으며, 곁에 있어도 사랑스럽고 보고 있으면 더욱 사랑스럽다. 사랑의 전개와 절정 단계, 신열에 들뜨고 잠이 오지 않는다. 그 사람 아니면 미칠 듯 가슴을 쥐어뜯는다.

이혼이 흉은 아닌 시대가 왔다. 집집마다 이혼 경력 없는 집안을 찾아보기 힘들 정도로 결혼의 단꿈과 백년해로의 약속은 이미 견공에게나 줘버린 듯하다. 내 주변에도 많은 지인과 인척들이 별거와 이혼을 단행했다.

아무것도 아닌 일로 헤어진 이들은 찾아보기 어려웠다. 대부분 배우자의 불성실성, 서로 간의 끊임없는 불신, 동기간의 갈등, 폭언, 폭행, 도박, 외도 등으로 헤어진 이들이었다. 그 가운데 가장 흔한

원인은 단연코 타인과의 열애인 외도였다.

가까운 지인 한 사람은 수시로 주변 여인들을 탐했다. 급기야 휴대폰을 두 개씩 가지고 다니며 가정용과 영업용으로 나누기도 하였다. 어느 날 그의 아내는 술 취해 곯아떨어진 남편의 손에서 생소한 전화기를 발견했다. 전화기 속에서는 초마다 진동 소리가 적막과 함께 요동쳤다. 아내는 남편의 엄지손가락을 들어 슬쩍 휴대폰에 갖다댔다. 차마 입 밖으로 내뱉을 수 없는 온갖 유희와 낯간지러운 언어들이 천연스럽게 적혀 있었다고 한다. 그렇게 둘이 뜨거운 대화를 나누다가 남편이 잠들어버린 모양이었다. 일명 '오피스 와이프Office Wife'라던가. 같은 영업장에서 종일 붙어 있다보니 아내 위에 군림하고 있던 거였다.

그녀는 삶의 의미를 잃었다고 하소연했고, 얼마 지나지 않아 두 사람은 갈라섰다. 이혼의 원인은 폭행이었다. 남자는 자신의 연인이 언젠간 자기에게 올 것이라며, 그때는 정식으로 합가할 거라 말했다. 그러나 내가 보기엔 그럴 확률은 거의 제로에 가깝다. 사무실 아내였던 그 여인이야말로 제 남편과 아이들이 기다리는 가정으로 회귀했기 때문이다.

이곳저곳 떠돌며 구걸하듯 여인들에게 동정표를 얻으며 하루를 버티는 남자. 그는 여성의 육체에만 탐닉하는 인간인가. 그들이 누렸던 환희와 절정은 어디로 갔을까. 그들이 바라던 사랑과 행복은 어떤 종류의 무늬였는가. 절뚝이는 말년의 고독. 그의 말투와 표정을 보면 소설의 5단계 구성처럼 '발단-전개-위기-절정-결말'이 한눈에 들어오는 듯하다. 분별없는 이들에게 희망적인 결말을 기대하긴 어려울 터이다.

"사랑하는 일에 정당성이 있는가?"라는 질문에 즉각 답하긴 어렵다. 수십 년간 식당 일을 하면서 나도 모르게 절로 사회현상을 깨닫게 되었다고나 할까. 외도를 목도하는 일은 식은 죽 먹기보다 쉬웠다. 음지에서 밀회를 즐기는 이들이 있는가 하면 공공연히 드러내는 이들도 많았다. 다 맞는 말은 아니겠지만, 남녀의 불륜은 종종 음식의 종류와 가격에 비유되곤 한다. 연인과 와서 비싼 쇠고기를 먹고 아내와 와서 돼지고기를 먹는 남자가 있는가 하면, 연인과는 값싼 돼지고기를, 아내와는 쇠고기를 먹는 이도 있었다.

드물게도 연인과 아내 모두 함께 쇠고기를 먹거나 돼지고기를 먹는 이들도 보였다. 반찬을 숟가락에 올려주는 이가 있는가 하면, 아예 입안에 넣어주기도 하고 식탁 밑에선 네 개의 발이 춤을 추기도 한다. 연인의 목덜미를 탐닉하는 이가 있는가 하면 정사를 나누듯 식사를 즐기는 이도 있다. 놀랍게도 종업원들은 그들의 사생활을 정확히 파악하고 서로 귀띔을 해주기도 한다. 낯 뜨거운 광경이긴 하나, 한가한 시간에 찾아오는 연인들을 구석에 서서 지켜보는 게 그렇게 새삼스러운 일은 아니었다.

귀스타브 플로베르의 소설 『마담 보봐리』는 시골의사 남편과의 생활에 권태를 느낀 한 주부의 일탈을 이야기한다. 주인공 엠마는 두 명의 남성과 연달아 밀회를 즐기는데, 젊은 연인을 위해 온갖 사치를 일삼다 큰 빚을 진 채 결국 자살을 하고 만다. 일에 충실한 남편과 살면서 정작 본인은 허영심의 여왕이 되었던 것이다. 그녀의 사랑이란 이성에 대한 환상에 불과했다. 1857년에 발간되었으나 작금의 사회현상과 견주어볼 때, 어리석다기보다 세상 물정 모르는 가여운 여인에 가깝다.

D. H. 로렌스의 『채털리 부인의 연인』은 자신의 의도와는 다르게 불륜을 할 수밖에 없었던 여인 코니의 사랑 이야기이다. 1928년에 완성한 이 소설은 더 확실한 동기, 즉 여성 내면의 원초적 본질인 생명과 잉태를 다루었다.

두 여인의 사랑에 대한 가치관은 극명한 차이를 보인다. 보봐리 부인이 새로운 세계에 대한 낭만적 열망과 사랑을 꿈꿨다면, 채털리 부인은 모성에 대한 또렷한 책임의식과 태도를 취하고 있다.

스탕달은 그의 수필집 『연애론』에서 "연애가 한 사람에게 확신과 행복을 줄 때, 다른 사람에게는 위험과 굴욕감까지도 줄 수 있다"고 말한다. 또한 "남자에게 사랑받고 싶은 욕망이 있는 한, 아무리 높은 교육을 받아도 여자다움은 사라지지 않는다"라며 "여자로 크지 말고 독립된 인간으로 크라"고 하였다.

우리는 문학작품 속 주인공들이 타인을 사랑할 수밖에 없었던 원인과 개연성을 찾아 현실 속에서 깊이 깨달으며 성찰해나간다. 인간의 삶은 문학과 맞닿아 있고 문학은 사랑과 밀접한 관계에 있다. 문학은 각각의 작품 속에서 결핍과 불행을 노래함으로써 개인의 상처를 치유하고 승화시킨다. 사랑과 상처는 인간의 육체와 영혼을 드나들며 상호 보완작용을 할 터이다.

사랑의 여신 아프로디테는 사랑만이 아닌, 사랑을 쟁취하고자 하는 욕망까지도 관장한다는 사실을. 잘못된 사랑에 빠지면 그 사랑을 유지하려 애원하게 되고, 탐욕과 집착으로 발전하여 종국에는 파멸과 무력감에 다다르게 되기도 한다는 것을. 그럼에도 누군가는 이렇게 내뱉을지도 모른다.

"흥, 사랑 같은 소리하고 있네!"

## 당신의 종교 안에서

나는 불신자不信者, 즉 비종교인이다. 나는 내 삶을 믿고, 얼마 남지 않은 내 영혼의 질박함(그것이 비록 깃털만큼 가벼울지언정)을 믿는다. 장사를 할 때부터 많은 종교인들의 유혹이 있었다. 하나님을 믿고 절에 나오라는 성도들, 불자들과 종종 마주쳤다. 종교가 무어냐 물을 때마다 우스갯소리로 "저의 종교는 아신교我信教예요"라고 대답하곤 하였다. 국가와 사회와 집단의 이기, 지역갈등과 인종차별, 계층 간의 불화 속에서 외려 중립을 지키는 게 조금은 정의로운 것이 아닌가 하는 나름의 신념이 있었다.

좀 더 나이 들고 좀 더 고독해지면 어찌 변할는지 모르겠으나, 나는 스스로를 믿고 중용을 따르는 일이야말로 세상에 해를 끼치지 않는 유일한 방도라 여기고 있다. 그것은 자기 안의 선과 악이 끝없이 충돌하여 종국에는 악을 물리치고 선에 가까워지려는, 일종의 정신 승리라 할 수 있을지도 모르겠다. 인간은 신화를 창조하고 만들어진 신들을 숭배했지만, 정작 신들은 인간에게 질리지 않았을까. 습득한 바에 의하면 인간에 대한 종교의 탄압과 역사는 잔혹하지 그지없다. 때로 종교에 갇힌 게 신인지 인간인지 헷갈리기도 한다. 신은 인간들끼리 서로 물어뜯으며 다투라고 시키진 않았을 텐데.

예수와 석가모니, 무함마드 같은 성인聖人, 나아가서는 이태석 신부, 테레사 수녀, 법륜 스님과 같은 선지자들에게서 육체적 쾌락이 아닌, 무성애자로서 인류를 사랑하는 법을 배운다. 한낱 필부匹婦인 내가 그들의 사상을 따라가기란 불가능한 일이겠으나, '왜' 그렇게 살아야 하고 그렇게 살지 않으면 안 되는가에 대한 의문을 가지기에 더없이 훌륭한 귀감이 되는 까닭이다.


단발성 밀회를 즐기는 시대. 사람들은 영원할 것만 같았던 맹세와 입맞춤에 코웃음치며 안녕을 고하고 만다. 그러나 사랑엔 상장도 훈장도 졸업장도 없다. 물론 "사랑은 천박하다"라고 말하는 사람도 없을게다. 사랑은 무조건적이며 고귀한 언어라고 우리의 뇌가 인식하는 까닭이리라. 다만 일회성 사랑이란 욕망의 소모품인 것. 육체만을 갈구하는 사랑타령 속에 사랑이란 단어가 애초에 없었던 건 아닐는지.

나는 지금 가장 편안하게, 가장 따뜻한 곳에 앉아 문장을 끼적이고 있다. 읽고 쓰고 엮어서 세상에 내보이는 것. 글로 표현하는 것은 얼마나 쉬운 일인가. 쓰는 것보다 마음먹는 일이 어렵고 마음먹기보다 행동하는 게 수천 배는 어렵다. 사랑은 더더욱 어려운 명제이다.

인류애는 사라지는가. 분쟁이 난무하고 증오와 질시嫉視가 전염병처럼 번진다. 육십 즈음에 느낀다. 진정한 사랑이란, 이기심을 버리고 욕망을 넘어서는 것. 권력의 낭만에서 벗어나 세상을 바라보는 일. 단 하나의 허울뿐인 육체로부터 탈피하여 사소한 것들에 온정을 가지고 바라보는 것. 사랑이란 그런 것은 아닐까.


새들은 왜 날아가나, 바람은 왜 불어오나. 내 가슴 모두 태워 줄 수 있는 건 오직 사랑뿐(변진섭 노래 〈네게 줄 수 있는 건 오직 사랑뿐〉 중)


새들은 날고 바람은 분다. 꽃은 피고 태양은 빛난다. 우리 인간만이 제자리에 안주하지 못하고 싸운다. 하나 인간의 핏속엔 선천적으로 사랑이란 분자가 무수히 떠돌고 있을게다. 다시 생각해보건대 육신의 이익이란 기실 아무것도 아니었다. 영화나 소설 속에서 기상천외한 외도와 불륜들을 학습하는 건 차치하고, 우리는 사랑 아닌 '관계의 현상'에 노출되어 있다고 해도 과언은 아닐 터이다.

사랑도 결국 실천하는 일. 사랑이 없으면 아무것도 없으리라. 크고 작은 분쟁을 일으키는 것도, 일회용 제품을 양산하는 것도, 폐기물이 넘쳐나 환경이 오염되는 것도, 병든 동물을 유기하는 것도, 인류를 배반하는 것도 결국 사랑의 부재 때문이다. 우린 이 사실을 부정하려야 부정할 수가 없을게다.

생각해보면 인간은 모두가 중독자들이다. 알코올, 담배, 약물, 인터넷, 도박, 섹스, 전쟁. 이루 헤아릴 수 없이 많은 독성물질 속에서 떠돌며 발화發火한다. 타인을 사랑하는 마음이 없으면 모든 게 다 사라지리. 썩어가는 지구조차 남아 있지 않으리. 지루한 일상이 행복이라던가. 두말해 무엇하랴. 방랑의 IT(정보화기술)산업사회 속에서 신성한 사랑만이, 그 순수성만이 세상을 구원하리란 것을.

# 슈퍼맨은 없다

유교사상을 기반으로 하던 봉건주의시대에는 말할 필요도 없었
겠지만, 1970~90년대의 남아선호사상은 극에 달했다. 우리 가족은
물론이거니와, 아들을 얻기 위해 낳은 딸들이 집집마다 두서넛씩은
되었다.

첫아기를 임신하자 시어머니는 "애야, 아들일지 모르니 낳아라"
말씀하셨다. 아들딸 오남매를 낳고 산골에서 외로이 풀뿌리를 캐다
귀천하신 당신은 왜 그토록 손자를 원하셨을까.

1993년도. 큰 애가 여섯 살 되던 해의 사월 초입, 싸락눈이 흩날
렸다. 이슬이 비치자 나는 종이가방에 몇 가지 비품을 챙겨 산부인
과로 갔다. "공주님이에요"라고 상냥하게 말하는 간호사에게 남편
은 "알고 있습니다" 하였다.

셋째나 넷째 아들을 출산한 동네 여인들은 참으로 위대했다. 그
들은 적극적으로 배란과 수정 및 착상에 대한 정보를 수집하고 있

었는데, 가장 핵심적인 논제는 태아 성감별에 관한 내용이었다. '아들 낳기 사업'에 성공한 엄마들이 나와 마주칠 때마다 침이 마르도록 가르침과 조언을 해주었다.

"아들을 낳으려면 각 방을 써야 해. 남편 옆에 가지도 마. 배란기에 딱 한번 합방을 해야 돼. 다음에 임신을 하거든 12주 되었을 때 E 산부인과에 가봐. 봉투 두 개에 각각 오십만 원씩 넣어서 가지고 가야 해. 병원 문을 열면 수간호사 한 명이 나올 거야. 어떻게 왔냐고 묻거든 의사선생님 뵈러왔다고 해. 그럼 진찰실로 안내할 거야. 나이 지긋한 할아버지 의사가 있을 거야. 이웃집 누구 엄마 소개로 왔다고 말해. 그리고 봉투 하나를 건네줘. 믿을 만하다고 생각하면 알아서 초음파검사 해줄 거야. 딸이면 분홍색, 아들이면 파란 색 옷을 준비하라고 말해주거든. 분홍색 옷이라고 하면 나머지 봉투를 주는 거야. 그럼 곧바로 수술에 들어가는 거지. 그 노인네는 아기를 안받아. 감별하고 소파수술만 해서 돈을 번다는군. 분만은 돈이 안 된다나. 얼마 전에 병원 건물을 새로 올렸어."

이제는 오래 전 이야기로 치부할 수 있지만, 매우 자랑스럽고 친절하게 설명하는 그녀들의 모습에 나는 한때 과민증에 시달려야만 했다.

딸 여섯을 낳고 태아 둘을 사산한 지인은 아홉 번째 아기가 들어서자 임신 3개월에 성감별했다고 털어놓았다. 남아에 대한 집착은 세상 그 어떤 소유욕보다도 무서운 거였다. 아들이라는 말에 그녀는 세상을 다 얻은 듯 기뻐했지만 곧 생모의 부음을 전해 들어야 했다. 집안의 맏이였던 그 임산부는 친정 장례식에도 참석하지 않았다. 뱃속의 아기에게 부정탄다는 이유에서였다. 아마도 그녀는 아랫배를 부여안고 남 몰래 통곡했으리라.

딸 셋을 내리 낳아 다섯 식구가 단칸방에 살면서도, 아들 욕심 때문에 네 번이나 임신 중절을 받았다며 당당하게 뽐내던 여인이 있었다. 그녀는 셋째 며느리였으나 대를 이을 씨앗에 대한 기세와 만용은 타의 추종을 불허했다. 딸만 낳은 윗동서를 얕잡아보기 일쑤였고, '아들아, 아들아' 읊어대는 그녀의 혀끝에 천하를 쥔 듯 허영의 가시가 돋아났다.


1970년대 본격적으로 산아제한을 하면서 '딸 아들 구별 말고 둘만 낳아 잘 기르자'라는 표어는 국민에게 역풍이 되었다. 나라에서는 아예 피임시술을 권장하기도 하였다. 정관수술을 받는 가장들에게 예비군훈련을 면제해주었고 산부인과에서는 무료로 루프시술까지 해주었다. 임신과 출산을 조절하는 정책은 한국의 며느리들이 절대적으로 아들을 낳아야 된다는 강박에 사로잡히게 하였다.

나 또한 그들과 다르지 않았다. 막내인 남편마저도 득남하기를 원했다. 벗들과의 모임에 나가면 의기소침해 돌아왔다. 맨주먹으로 살아온 이들일수록 자손에게 거는 기대가 상상을 초월했다. 그들은, 사내자식은 기둥이요 계집애는 살림 밑천이라 칭했다. 대부분이 아들이란 단어를 하나씩 꿰차고 있어 그 화두에서 벗어나기 힘들었다. 남편이 곁에 없어도 아들이 있으니 세상 두려울 게 없다는 여성도 있었다.

언젠가 죽마고우들이 회포를 푸는 자리에서 생긴 다툼에 관하여 기사가 났다. 내용인즉슨, 아들 가진 친구가 딸 둘인 친구에게 '딸딸이'라고 자꾸 놀리는 바람에 사건이 생겼다는 것이다. 그래서 순화한 명칭이 '딸기'라나. 누군가에게는 평생의 한이 될지도 모르는데, 어떤 이들은 타인의 아픔을 두고 조롱하는 일을 멈추지 않는다.

사람 사는 일에 양면성이 존재하는 법이련만, 그것을 깨닫지 못하니 어리석고 불행한 일이 아닐 수 없다. 거들먹거리기에 일조하는 이런 비속어들이 인간의 영혼을 갉아먹는다 생각하니 안타깝고 애처롭기만 하다. 여아와 남아의 편 가르기라니. 그런 게 대체 살아가는 데 무슨 삶의 지표나 행복의 조건이라도 된다는 말인지. 관습과 법규가 좀 더 빠르게 앞날을 꿰뚫었다면 인간 성감별사도, 낙태의 강박도 없었을 것을.

한쪽에서는 고작 한둘뿐인 자식들의 성별 때문에 다투지만, 한쪽에서는 아기가 들어서지 않아 눈물로 세월을 보내는 이들이 있다. 서른 번도 넘게 시험관 시술을 시도했다는 한 여인은 사십에 이르러 결국 아기 갖기를 포기했다고 말했다. 그녀는 불임이라는 딱지보다 더욱 수치스러웠던 건 시술하는 과정이라고 하였다. 남편이 아내에게 주사하는 방법마저 터득하게 되었으나, 생애 그처럼 비참하고 고통스러운 경험은 없을 거라며 눈물을 훔쳤다. 남편과 헤어졌지만 고뇌가 사라지니 더없이 후련하다며 미소를 지었다.

"아들아—, 지구를 부탁하노라. 아버지이—, 걱정은 하지 마세요."

파란 타이즈에 빨간 팬티 입고 지구 열두 바퀴 돌아 인류를 구원한다는, 〈슈퍼맨〉 유행가 가사를 들으며 허허 웃다가 씁쓸히 고개를 내젓는다. 하세월 고단한 이름으로 달려야 하는 당신의 아들. 진정 그 아이는 정의의 슈퍼맨이 되었을까.

누이의 얼굴을 수없이 지우고 부모의 임종도 지키지 못한 아들들이 있다. 애정의 결실을 이루지 못해 가슴을 치며 우는 이들도 있다. '아픔은 주관적인 거라서 개인의 비극을 이념화하기 어렵다'고 말하지 마시라. 우리는 모두 자신의 의지와 상관없이 사회의 시험대에 올라 있다. 제도는 수정해야 하고 인간성은 회복돼야 마땅하다며 저마다 열변을 토한다. 지금은 21세기. 상처받는 이들과 세상을 함께 영위하면서, 과연 "나에게만 희망을 내려달라"고 당당히 기도할 수 있을까.

# 빈집에서 우는 아이

태양이 숨어버렸다. 진눈깨비가 쏟아질 것만 같다. 구름에 걸쳐 있던 야곱의 사다리는 하늘 너머의 요정들이 거두어 가버렸나보다. 음습하다. 바닥도 어둡고 나무도 어둡다. 거리의 집들은 쇳빛 장막을 씌워놓은 것처럼 매서워 보인다.

학교가 파하고 대문을 여는 순간, 모든 시간은 멈춘 것만 같았다. 폭 2미터 정도밖에 되지 않는 길을 사이에 두고 양쪽 벽에 붙은 일곱 개의 셋방 문은 굳게 닫혀 있었다. 오른편 공중변소와 뒷마당 공터로 통하는 일곱 번째 방문 앞에 공용수도가 있는데, 그 수돗가 정면으로 나는 커다란 덩어리와 마주치고 말았다. 미동도 없이 가만히 놓여 있는 그것은 마치 누군가 버리려고 모아둔 자루처럼 생겼다. 슬그머니 움직이는 것 같기도 하고, 나를 뚫어져라 쳐다보는 것 같기도 하고. 아 참, 이상했다.

나는 고슴도치처럼 어깨를 움츠리고, 온몸의 감각을 곤두세우고 서서 그것을 째려보았다. 소녀의 나안시력은 0.5짜리 근시여서 멀리 있는 물체는 또렷이 인지하기가 어렵다. 그날은(아니 그 며칠은) 필시 안경테가 부러졌거나 나사가 빠졌거나 했을 터이다. 시멘트로 도배된 울 안과 그 색깔이 비슷해서 사람인지 동물인지 사물인지, 여자인지 남자인지, 어린인지 어른인지 언뜻 분간하기 힘들었다. 서 있는 것도 아니고 앉아 있는 것도 아닌, 엉거주춤 괴상한 모양의 저 물체.

우리 집 쪽문은 대문에서 두 번째 벽 쪽에 달려 있었다. 나는 중간지점인 세 번째 집의 문 옆으로 조금 더 다가갔다. 쪼그려앉아 나를 보고 있는 저건 대체 무엇일까. 어린 소녀의 머리칼이 소름을 감지하려는 찰나, 그것은 시적시적 몸을 옮기기 시작했다. 구겨놓은 거대한 납덩이, 아니 쇳덩어리마냥 무겁게 앉아 두 눈을 똑바로 뜬 채 이빨을 드러내고 있는 그림자. 이윽고 그의 검은 손 하나가 위쪽으로 올라가더니 뭔가를 떨어뜨렸다. 담배를 물고 있었나.

살펴보니 '그것'은 남자이고 어른이며 중로中老의 아저씨였다. 그는 내 모습을 훑어보며 한참을 앉아 징그럽게 입을 벌렸다. 그리고 가만히 손짓하는 것이었다. "이리 와아, 이리 와봐." 마치 개장수가 어미 잃은 강아지를 부르듯. 나는 뒷걸음질치며 외마디 소리를 냈다. "아줌마아! 아줌마아!" 옆방 문짝을 두드리며 비명을 질렀지만 모든 쪽문은 입을 꼭 다물고 있었다. 다들 어디로 숨었는지 생쥐 울음소리조차 들리지 않았다.

●

그 무시무시한 인간이 서서히 일어나 이쪽을 향해 발걸음을 떼어놓았다. 나는 얼른 부엌문을 열고 들어갔다. 문고리를 걸어잠그려는 찰나, 그가 잽싸게 뛰어와서 문을 잡고 놓아주질 않았다. 희번덕거리는 저 눈빛. 그 남자는 문틈으로 손가락을 들이밀며 이렇게 속삭였다. "아가, 문 열어봐. 아저씨 나쁜 사람 아니야. 아저씨 아빠친구야. 무서운 사람 아니라니까 그러네."

아니다. 아니었다. 그는, 내가 가끔씩 들러 밥을 얻어먹던 막걸리집 주인 아저씨도, 흔쾌히 외상을 주던 슈퍼마켓 아저씨도, 어묵을꾹꾹 담아주던 어묵공장 아저씨도, 술에 절어 노래부르던 구두장이아저씨도 아니었다. 그 거대한 괴물은 아빠 친구가 절대 아니었다. "아빠아, 아빠아." 나는 두려움에 이를 악물고 눈물만 떨어뜨렸다. 아아, 왜 아무도 없는 것일까. 사람 형상을 한 이 짐승은 대체 무엇이란 말인가. 죽을힘을 다해서 문고리를 붙들고 늘어졌다. "안 돼요, 안 돼요. 살려주세요, 살려주세요."

문틈으로 들어온 남자의 손가락을 있는 힘껏 송곳니로 물어뜯었다. 소름끼치는 짐승의 손이 빠져나가는 순간, 나는 부여잡고 있던둥근 쇠고리를 얼른 걸어버렸다. 그렇게 몇 분이나 지났을까. 대문이 열리는 소리에 그 남자는 사라지고 나는 꼭 쥐고 있던 빗장을 놓을 수 있었다. 손에서 쇠비린내가 났다. 내 얇고 작은 두 손바닥은쇠고리 문양에 짓눌려 있었다. 머리가 터져나갈 것처럼 쿵쿵 심장뛰는 소리가 귓가에 쟁쟁거렸다.

성性과 어른에 대한 기이한 공포는 나이가 들어감에도 떨쳐낼 수가 없다. 나의 기억과 상상은 더욱 확대되고 명료해져만 간다. 울고 있는 어린아이를 보호하지 않는 세계가 무서워 숨이 막힐 지경이다. 엄마도 없고 아빠도 일하러 나간 시간, 혼자 남은 아이는 위태롭기만 하다. 아이를 돌보지 않는 세상은 세상이 아니다. 책상 앞에 앉은 이 시간조차 불안하고 겁이 난다. 여기, 빈집에서 한 아이가 울고 있다. 쭉정이만 어른일 뿐인 소녀가, 운다.

# 머리에 대해 말해볼까

　나로 말할 것 같으면 스무 해를 단발로 살았고 한 열두어 해를 긴 머리로 살았으며, 한 스무 해 넘게 대충 틀어올린 머리로 살았으니 딱히 미용실 갈 일이 없었다. 미용실 사장님들이 나 같은 여자 때문에 굶게 되셨다면 나는 석고대명할 죄인일 게다. 그럼에도 나는 남편 따라 식당 일을 하면서 단정하게 느낄 만한 쪽머리로 젊은 날 한결같이 손님 시중을 들었으니 이 또한 기특하지 않겠는가.

　어쩌다 일 년에 단 한번, 우리 고유의 설이 다가오면 큰맘 먹고 미용실을 방문하기도 했다. 원장님, 짧은 커트는 싫어요. 어깨선에 맞춰서 굵은 펌을 해주세요, 오래오래 가도록. 미용실 사장은 고개를 끄덕이고는 일사천리로 내 맘에 쏙 드는 펌을 말아주었다. 웬 뽀글이 파마를 했냐고 다그치는 딸들의 핀잔에 거울 앞에 앉아 드라이기로 머리칼을 펴고 또 폈다. 며칠을 펴니 제법 나이에 맞는 머리 모양이 나왔다.

●

어느덧 노년이 저만치서 미소 지으며 다가오니 마음이 조급해졌다. 정수리엔 성에꽃이 피고 새털처럼 가벼워졌다. 삐죽빼죽 제멋대로 자란 머리 손질도 안 하니 거적때기만 덮으면 노숙하는 여인네라 해도 과언은 아니겠다. 가다가 이웃 중 누구라도 만나면 "아, 이 여자 망했나 보군" 하고 적선은 좀 하지 않겠는가.

백반白斑 흑반黑斑, 반반 통닭도 아니요 야누스의 얼굴은 더군다나 아닐진대, 내 머리는 두 개의 색깔로 흐드러졌으니 이 어찌 대략 난감하지 않을 수 있으리.

남편으로 말할 것 같으면 제 아내보다 더 서러운 머리털의 역사를 가졌다. 스물다섯, 약관의 나이에 세상 물정 모르는 어린 여자를 만나 처자식을 먹여살려야 하는 숙명에 부닥쳤다. 하루 열서너 시간도 불사하고 주방의 불구멍 앞에서 정수리가 뜨거워지는 것도 잊은 채 임무에 충실했다.

그렇게 앞만 보고 달린 지 몇몇 해, 스스로 막 일어서려는 이립而立의 나이에 풍요롭고 화려한 금수강산 같던 그의 이마에 변화가 오기 시작했다. 독한 화구의 연기와 음식물이 뿜어내는 수증기, 건조하면서도 끈끈한 주방의 열기가 그의 이마와 정수리를 엄습했다.

남편은 예민해져 갔다. 밥상머리에서 머리 얘기만 나오면 버럭 화부터 냈다. 그때부터였을게다. 세상에서 가장 조심해야 할 화두는 남성의 머리라는 걸 깨닫게 된 시점이.

그의 머리칼은 방안의 누런 장판 위에서, 화장실 세면대에서 서럽게, 그러나 한 줌 미련도 없이 주인과 이별했다. 그인 고달픈 하루보다도 자신의 머리를 더욱 염려했다. 사실 난 아무래도 상관없었다. 평생 손잡고 가야 할 인생인데 그깟 머리털 좀 빠진다고 대수인가. 날마다 밤마다 그일 위로하고 알랑거렸다. 하지만 여자의 교태도 남자의 머리에 비할 바 못되었나보다. 갈수록 남편의 눈빛이 불편하고 그가 어려워지기 시작했다.

그의 영혼은 온통 머리에 초집중한 상태가 되었다. 급기야 신문광고를 보고는 득달같이 달려가 부분가발을 만들어 쓰더니 그마저 어색해지자 병원을 찾아가게 된 것이다. 아, 남편은 모발이식을 강행하고 말았다. 병원에 다녀온 그는 낯선 남자였다. 나는 농담으로 "누, 누구세요?" 하고 물었다. 발해를 건국한 대조영의 기개와 같이 빛나던 그의 어여쁜 M자 이마는 영화 〈아바타〉에 나오는 나비족의 그것처럼 부풀어 있었다. '악마보다 더한 놈이 온다', '지옥에서 온 영웅'이라는 슬로건을 걸고 나온 영화 〈헬 보이〉의 이종사촌쯤 돼 보였다. 남편의 이마는 오랫동안 붓기를 머금고 새 출발을 기다리고 있는 듯했다. 주삿바늘을 그렇게나 무서워하던 그가 메스에 몸을 맡기다니, 두 눈 똑바로 뜨고 보면서도 차마 믿을 수 없었다.

인간 승리. 수술은 대성공이었다. 남편은 평정심을 되찾고 그전보다 더 충실히 본업에 매진했다. 수술비가 얼마든 벌면 되니 속이 쓰려도 내일을 위해 인내하리라 했다. 그야말로 속되게 벌어 정승처럼 쓴 이 시대의 한 인물이라 할 만했다. 부릅뜬 두 눈이 웃으니 더불어 운이 트이는 기분이었다고나 할까.

남편은 열심히, 남녀노소 직업귀천을 막론하고 정말 최선을 다해 사람들을 만나며 의리와 우정을 다졌다. 머리칼을 제외한 자신의 모든 걸 아낌없이 다 내줄 것만 같았다. 밥나눔 사회봉사활동도 더욱 열심히 했다. 그의 환한 웃음 덕에 식당 안팎은 활기차게 돌아갔다.

몇 해가 지나고 또 몇 곱절만큼의 해가 바뀌었다. 우리가 머리 모양에 신경쓰고 산 날은 실은 생각보다 그리 길진 않았다. 한번 심은 머리는 영원하지 않았다. 그의 머리털은 나날이 가늘어지고 푸석해졌다. 연륜에 비해 백발이 성성하진 않았으나 그마저도 보기 흉하다며 붓질하기 시작했다. 톡톡 두드리고 빗고 바르더니 또 뭔가를 삼키는 듯도 했다.

그는 이제 빠지는 머리털 따윈 신경쓰지 않는다. 삶은 길고 세월은 흩날리는 머리칼 같아라. 빠지고 탈색되는 건 머리카락뿐만은 아니었으리. 의술은 위대하건만 오던 길 되돌아갈 순 없을 터. 화장대 위를 가득 메운 약통 앞에서, 염색전문가가 되어가는 남편을 보면 얼룩진 거울만큼이나 내 마음도 어수선해진다.

# 제3장 가여움에 관하여

# 전선 위의 달빛

월화月華는 오 년을 나와 함께 일한 조선족 여인이다. 일이 고단하거나 몸이 아파도 단 한번 병가를 내지 않고 독하게 일해주었다. 그녀는 서툰 발음과 억양으로 한국어를 했지만 꽤 오랫동안 허투루 행동하진 않았다. 그녀와의 하루는 뜨겁고 치열했다. 말하자면 업주 입장에서 볼 때 매우 과분한 인재였던 셈이다.

월화는 잦은 병치레로 몸살을 앓곤 하였다. 헤이룽장성黑龍江省 하얼빈, 영하 사십 도의 혹한에서 단련된 체력도 이곳에서는 별 의미가 없었나보다. 가슴의 허함을 달래기 위해 뭐든 먹지 않으면 미칠 것 같다는 그녀는 식사를 한 뒤 곧잘 체했다. 쉬는 시간마다 혹은 서빙하는 사이에도 그녀의 입은 뭔가를 오물거리고 있었다. 간식으로 계란을 쪄내면 "중국에서 달걀 서른 개는 아무것도 아니다"라며 한 판을 거의 다 먹어치웠다. 그런 뒤에는 여지없이 가방에서 침을 꺼내 열 손가락 끝에 피를 내는 것이었다.

그녀의 가무잡잡하면서도 매끄럽고 건강한 피부는 모든 이들의 시선을 사로잡았다. 그녀를 보기 위해 오는 손님이 하나둘 늘어나는가 하면 스리슬쩍 명함을 투척하는 얄궂은 사내들도 있었다. 그럴 때마다 월화는 내게 조언을 구했다. "사모님요, 저 남자가 명함을 주는데 이게 무슨 뜻이에요?"라고 물었을 때 나는 듣도 보도 못한 직함을 보고 기가 막혔다. 그 남자는 주말마다 러시아인 아내와 아들을 데리고 와서 식사를 하는 점잖은 손님이었다. 눈부시도록 젊은 백인 여성을 아내로 두고 있는 그가, 그럼에도 다른 몇몇 남자들처럼 우리 월화를 평소 마음에 둔 게 분명했다.

실은 이런 일이 한두 번 일어난 것은 아니다. 개업 초기부터 여종업원과 손님들 간의 로맨스는 자연스럽게 이루어졌다. 시간제로 일하던 아가씨 김 양도 박 양도 이 양도 손님과 눈이 맞아 일을 그만두었다. 결혼해서 자녀를 낳고 잘 살면 요행이요 축복이겠으나 때론 추문으로 남게 되는 경우도 허다하다.

별 볼 일 없을 테니 명함을 버리라고 하였다. 유부남과 만난다면 외국인인 그 아내는 어떤 기분이 들겠는가 하는 생각에서였다. 그는 필경 식당에서 일하는 아리따운 조선족 여인 한 명을 툭하니 건드려보고 아니면 그만이라는 심사였을게다.


이래저래 힘들다던 월화는 식당 일에 결국 손을 놓았다. 중국에서의 이혼, 한국에서의 정략결혼, 사랑 없는 부부생활, 시집 식구들과의 불화, 함께 근무하던 여인들과의 다툼, 치근덕거리는 사내들을 뒤로 하고 그녀는 새 출발을 하는 듯이 보였다.

처음에 나는 조선족에 대해 상당한 거부감을 가졌었다. 한국으로 건너와 몸을 사리지 않고 돈 벌어가는 그들에게 진저리치는 내국인들도 많이 보아온 터였다.

"조국이 어디라고 생각해요?" 하고 물으면, "나는 중국 사람이어요!"라고 당차게 대답하는 그네들을 보며 우린 혀를 내둘렀다. "돈 많이 벌면 다시 고향 가서 살 거예요" 하고 쏘아붙이는 월화에게 아무런 대꾸도 할 수 없었다.

한번은 자녀들과 외식나온 손님 한 분이 그녀에게 "물 건너왔어요?"라고 묻자 월화는 "그래요! 물 건너왔어요. 물 건너와서 아파트도 사고 자가용도 샀어요. 왜요?" 하며 따지듯 대답하였다. 등에 호랑이 문신을 한 어떤 남자는 며칠을 두고 찾아와 갈비탕을 먹었는데 그것이 그녀와 모종의 만남이 되었다. 두 사람, 그러니까 과거를 묻어둔 선남선녀는 달포 넘게 서로 사귀게 되었다. 월화는 퇴근 때마다 갈비탕 이 인분씩 포장해갔다. 아침에 출근하면 꾸벅꾸벅 조는 양이 밤새 제대로 잠을 자지 못하는구나 싶었다.

오래 전 상하이上海에 갔을 때 가이드 역할을 해준 옌볜延边 총각 광문 씨의 모습이 떠오른다. 버스기사 옆에 서서 한국과 중국의 역사에 대해 쉼 없이 연설하던 그는 끝내 자신을 '어쩔 수 없는 서글픈 조선족'이라 하였다. "한국은 나를 낳아준 어머니요, 중국은 나를 키

위주고 먹여준 어머니니 그 누구를 더하다고 말할 수 없다"라며 고개를 떨구었다.

　사거리 역전 어귀 국밥집에서 일하고 있는 그녀를 보았다. 우리 가게에서 뛰어 이삼 분도 안 되는 거리였다. 월화는 나와 눈이 마주쳤지만 이내 시선을 피하고 제 할 일을 하였다. 얼핏 보았는데 쌍꺼풀 수술을 받았다. 눈두덩이 깊게 패어 못 알아볼 뻔했다. 졸린 듯 가늘게 웃음짓던 그 얼굴은 어디로 갔을까. 세월이 흘러 인상이 변해 있었지만 분명 월화였다. 그녀도 나이가 드니 눈매교정을 하였나 보다. 건달과 살았다는 둥 주인을 홀렸다는 둥 동네에 악소문이 돌았지만 괘념치 않겠다. 나도 한때 '갈빗집 그 여자는 재취'라는 풍문을 안고 살았으니까.
　월화와 헤어진 지 십 년이 지났다. 나는 지금, 그녀에 대해 어떠한 감정이 교차한다. 그것은 사상도 이념도 아니다. 월화를 보면 안쓰럽기 그지없다. 그녀를 볼 때마다 괜스레 미안해진다. 그녀는 중국으로 돌아가지 않을 것이다. 마음이 편해 보이니 좋은 남자와 잘 살고 있으리라. 조선족인들 한국인인들, 또한 그녀가 곧 죽어도 "나는 중국인이라니까요!"라고 외친들 어찌할 것인가. 우리는 서로 연관된 민족성을 지녔으면서도, 굳이 잣대를 들이대자면 아무런 혈연관계도 아닐 것이다. 이런 느낌이 드는 까닭은 모르겠으나, 월화에게 내내 살갑게 대해주지 못했다는 생각을 하게 된다.

●

골목 한가운데 하늘을 갈라놓은 듯 전깃줄이 드리워져 있다. 무리진 달은 저녁내 전선을 옮겨다니다 멀어져간다. 내 진실은 그림자 밑에 숨었으니 선량한 달빛은 그 마음 알아주려나.

# 복쟁이 아저씨

　내가 여덟아홉 살쯤에 겪은 이야기야. 동네 소극장에서 구시장으로 가는 길목에 한 남자가 살고 있었어. 그가 사는 집이란 게 고작 쇠붙이에 합판을 덧댄 컨테이너 한 동이었지. 그곳이 원래 제자리였다는 듯, 컨테이너 안쪽으로 이부자리와 식기들이 질서정연하게 놓여 있었어. 출입문 앞에는 양은 대야와 숫돌과 식칼 몇 자루가 흩어져있었고 갈라진 시멘트 바닥으로 녹을 씻은 물줄기가 고랑을 만들며 젖고 마르기를 반복했어. 그는 문 앞에 쪼그리고 앉아 뒷덜미에 햇살을 받으며 들멍들멍 숫돌에 칼을 갈고 있었지.

　논두렁 밭두렁도 바싹 마른 초여름 날이었어. 학교를 파한 어린이들이 황톳길을 걷고 있었지. 아이들 몇은 문방구를 기웃거리며 다디단 군입거리를 찾거나 길목에서 '양이(만화가 그려진 동그란 딱지)'치기를 하고 놀았어. 우리는 손에 손을 잡고 곧 다가올 한국전쟁의 참사를 기억하려 학교에서 몇 날 며칠 연습한 〈육이오의 노래〉를 대차게 부르며 걸었지.

"아아, 잊으랴. 어찌 우리 이날을. 조국의 원수들이 짓밟아오던 날을. 맨주먹 붉은 피로 원수를 막아내어 발을 굴러 땅을 치며 울분에 떤 날을. 이제야 갚으리, 조국의 원수를. 쫓기는 적의 무리, 쫓고 또 쫓아ㅡ."

어린것들 머리에서 상상도 못할 '조국의 원수'니 '맨주먹 붉은 피'니 '울분에 떤 날'이니 '쫓기는 적의 무리'니 하는 가사들을 우린 헤아릴 수 없이 외우고 또 외웠다지. 어깨동무를 하고 흙과 볕이 어우러지는 길을 걷는 아이들의 발걸음은 꿋꿋했어. 어떤 아이는 만화방으로, 어떤 아이는 친구네로, 어떤 아이는 '띠기(달고나)' 노점상에게로, 어떤 아이는 엄마 품으로 향하고 있었지.

고샅길 풀럭이는 아이들의 바짓가랑이 먼지처럼 아지랑이가 피어나는 유월 한낮이었을 거야. 저만치서 휘청거리며 걸어오는 남자가 보였어. 컨테이너에 사는 바로 그 사람이었어. 낮술을 얼마나 많이 마시고 누구랑 쌈박질을 했는지 입고 있는 옷은 누더기가 돼 있었어. 그는 눈동자를 번득거리며 쇳덩이 같은 목소리로 고함을 질러댔어.

"이놈의 세상, 이 빌어먹을 놈의 세상. 나는 아무도, 아무것도 없어! 마누라도 새끼도 없고오. 나는, 나는 어찌 살라고오ㅡ. 어떻게 살라고오ㅡ."

그는 그렇게 소리치다가 또 실실 웃으며 노래를 부르는 거였어.

●

"아아, 잊으랴. 어찌 우리 이날을—."

쓰러질 듯 말 듯 전봇대를 잡고 흥청거리던 남자가 하교하는 아이들과 맞닥뜨렸어. 그가 갑자기 멈춰섰어. 그러고는 술래잡기라도 하는 것처럼 아이들 옷자락을 잡아쥐었다 놨다 하더니 "너 나랑 같이 살자. 나랑 우리 집에 가서 살자. 아저씨가 아빠처럼 잘해줄게. 너 아저씨 아들하자"라며 겁을 주지 뭐야.

우리는 기절초풍하여 냅다 꽁무니를 내뺐어. 그 남자는 제자리에 서서 하늘로 두 팔을 쳐들고 "만세에! 대한민국 만세에!" 하고 외치더니 한참을 웃어젖히는 거야.

동네 사람들은 그 남자를 '복쟁이'라 불렀어. 복쟁이 아저씨. 부모 말을 듣지 않으면 복쟁이가 잡아간다는 소문이 그새 퍼져나갔지. 어른들은 그것이 비방이며 유언비어라는 걸 잘 알고 있었어. 어떤 이들은 그저 농담일 뿐이라는 듯 묵과하고 어떤 이들은 "애들 앞에서 헛소리하지 말라"며 일축했지. 나는 복쟁이가 아이들을 위협하는 광경을 목격했어. 하지만 남자는 곧장 제 갈 길을 갔지. 그가 정말 아이들을 잡아갔다는 어떤 근거도 내세울 순 없었어. 그렇지만 난 몹시 두려웠어. 망태에 아이들을 주워 담는다는 할아버지가 바로 그 복쟁이 아저씨는 아닐까 의구심이 생기는 거야. 혹시 또 알아? 부지불식간에 내가 잡혀가게 될지도.


유월 바람은 덥지도 습하지도 않았어. 해질녘, 날맹이 밭두둑에

●

서 반쯤 태운 쓰레기 한 무더기가 연기를 내뿜고 있었지. 그 냄새가 밥 짓는 굴뚝 연기와 어우러져 묘한 색채를 풍기고 있을 즈음 아이들은 연날리기를 했어. 어린것들의 연줄이 서로를 갉아먹진 않았어. 다만 엉겨붙다가 떨어져나갈 뿐이었지. 우리에겐 유리조각이나 사금파리가 필요치 않았는지도 몰라. 삶은 달걀처럼 몽글몽글한 여름 오후는 꽤나 평온했어. 밥때가 다가오자 나는 둔덕길을 가로질러 집으로 향했지.

저만치서 한 사람이 걸어오고 있는 게 보였어. 복쟁이 아저씨였어. 잔칫집에라도 다녀오는 거였을까. 말쑥한 차림에 반듯한 걸음새. 취기 없는 그의 표정은 무덤덤해보였어. 머릿결은 기름졌고 어깨는 당당했지. 거인 같은 그의 얼굴을 똑바로 올려다보았을 때 나는 깜짝 놀랐어. 앞을 바라보는 그의 눈빛엔 초점이 맺히지 않았어. 그의 동공이 어딜 보고 있는지 알아챌 수 없었지. 그의 한쪽 안와眼窩는 성치 못했어. 복쟁이 아저씨는 옴폭 들어간, 그러나 덜 손상된 다른 쪽 눈동자로 나를 내려다보고 있었던 거야. 그가 내 손목을 낚아챌까봐 다시 뒤돌아서 부리나케 내달렸어. 당글당글 복어새끼마냥 내 몸이 팽창해서 터질 것만 같았지 뭐야.

여름이 폭폭 무르익고 있었어. 극장과 시장 사잇길을 지날 때마다 그는 제 집 앞에 앉아 칼을 갈았어. 숫돌에 예리해진 칼날을 물에 씻어내며 복쟁이 아저씨는 자신의 일만 계속할 뿐이었어.

이쯤 되니 스스로 묻지 않을 수 없지. 선과 악의 중간은 뭘까? 어리석음은 무엇이고 바보란 어떤 걸까. 세상에 미치광이는 넘치고도 남아. 복쟁이 아저씨는 어디쯤에 속한 인물일까. 제 정신이 아니라고 그에게 손가락질할 수 있을까. 칼갈이 복쟁이 아저씨. 그는 그저 칼 가는 게 직업인 '복쟁이'라는 이름의 아저씨였을 뿐이야. 복. 쟁. 이. 자신에게 그처럼 독특한 별칭이 있다는 걸 그가 인지나 했을지.

현재는 초첨단시대야. 도구가 넘쳐나도 오랜 세월 손끝에 쇳물 적시는 이들은 늘 존재해왔어. 변하고 싶어도 변치 않고 바꾸려 해도 바뀌지 않는 게 있거든. 하루하루가 안개를 뿜어내는 무대 장치처럼 흐릿해. 어떤 땐 꽃잎이 흩날리고 어떤 땐 비수匕首가 번뜩이기도 해. "나는 절대로 그렇게 살지 않았어!"라고 부정하지만 우린 자신의 기억에서조차 절대로 자유로울 순 없잖아? 상대를 바라보는 눈동자야말로 쇳가루가 응집된 우물 같은 건 아닌지.

좋은 칼은 인간에게 복을 주지만 나쁜 칼은 복수를 불러일으키고 상처만 남긴다지. 동공을 잃은 그 남잔 타인들의 귀를 어루만지며 고난의 길을 자처했는지도 몰라. "쉿쉿" 숫돌에 칼날 부딪는 소리가 마치 사람의 입으로 "쉬이쉬이" 내뱉는 마찰음 같아. 그것이 선인지 악인지 내 입에서도 쇳내가 나는군. 복쟁이 아저씨는 전쟁과 폐허, 거짓과 편견의 소산이자 하나의 현상은 아니었을까. 현실이란 과거의 몽상으로부터 갈려 나오는 광기의 전이轉移 같은 것일지도. 나는, 우리는 어쩌면 모두가 복쟁이에게서 태어난 건지도 모를 일이야.

# 그 남자의 기타행行*

선거철만 되면 큰 길은 시끄럽고 골목길은 조용하다. 빈 탁자, 빈 거리, 빈 의자. 빈 어깨와 빈 점포와 빈 눈동자들. 그 많은 행인들은 다 어디로 갔는가.

뉴스를 보면 지난 몇 년간, 하루에도 몇 번씩 미소와 눈물을 팔던 '그'와 '그녀'의 일행이 서로 부둥켜안고 승리의 환호성을 지르는 모습이 나오곤 하였다. 드디어 공천을 받았나. 따논 당상이라던데. 고스톱 알아? 갈 때 가고 멈출 때 멈추는 거. 좀 더 기품 있게 표현하자면 전략 전술이라고나 할까. 아무렴. 다 그런 거지 뭐. 정치가 뭐기에! 유권자들의 얼굴엔 냉소와 너털웃음이 교차하였다.

선거가 끝나자 사람들의 일상은 처음으로 돌아갔다. 하루가 멀다 하고 명함을 돌리던 정당인들. 관직 하나 얻기 위해 연신 굽실대며 "뽑아만 주신다면 이 한 몸 '그대' 위해 바치겠노라" 손을 내밀던 후보들. 빨강 노랑 녹색 파랑, 원색의 깔맞춤으로 노래하고 춤추던 그

●

들의 가족과 내부자들. 노인급식소에서 앞치마를 두르고, 마치 그 것이 오래 전부터 해오던 일인 양 열심히 밥반찬을 나르던 봉사자 아닌 봉사자들. 선거기간 내내, 오전엔 양복을 빼입고 거리를 배회 하다 오후엔 술을 얻어 마시던 K씨. 이제 모다 보이질 않는다. 혁신 을 맹세하고 한 표를 갈망하는 이들의 문자와 사진이 하루에도 몇 개씩 휴대폰에 찍히고 나면 먹이를 구한 청설모의 꼬리처럼 자취를 감추고 마는 것이다.

저녁 여덟 시가 조금 지났는데 골목은 등화관제를 실시한 듯 하 나둘 불이 꺼졌다. 마감 시간이 다가오자 나는 슬그머니 밖으로 나 왔다. 광장 골목을 한 바퀴 돌아 시장 길을 둘러보려 하였다. 말라 빠진 고목의 밑동처럼 휑한 광장의 밤, 차갑지도 뜨겁지도 않아 더 욱 가여운 역전의 밤, 야틈한 시장 밤 바닥이 그처럼 답답하고 무거 워 보인 적이 또 있었던가.

배고픈 어미 개처럼 좌우를 기웃거리며 걸어나오는데 저만치서 얇은 선율이 흘러나온다. 식당에 들어와 넉살 좋게 웃으며 얼굴 한 번 본 적 없는 예비후보의 명함을 넙죽넙죽 돌리던 K씨, 그가 불 꺼 진 시장 점포의 평상에 앉아 기타 줄을 튕기고 있다.

열 발자국 거리쯤에서 적막을 깬 행인의 인기척을 느꼈을까. 그 의 그림자가 움찔 놀라는 듯하더니 곧 자세를 고쳐 딩딩딩딩 기타 소리를 냈다. 그러고는 손톱으로 다시 티리링 티리링 줄을 뜯어내 리는데, 시장의 밤길을 흐르는 그 운율은 무리에서 낙오한 짐승의 울음인 듯 처량하였다.

"나는 원래 서울에서 잘 나가던 사내였답니다. 꽤 열심히 공부해서 S대학에 들어갔지만 종국에는 뒷문으로 나오게 되었다지요. 한때는 주먹 힘도 좋았고요, 기타를 둘러매면 여학생들이 몰려들곤 했답니다. 그러다 첫사랑에 실패하여 나는 주독酒毒이 들고 말았지요. 잡기를 좋아해서 부랑배들과 어울려 다니느라 이 몸은 한순간 망가지고요, 교통사고로 뒤통수를 꿰매는 바람에 죽을 고비마저 넘기게 되었답니다. 정신차려 일어나보니 어느새 한 여성이 내 손을 잡아주고 있었지요. 뜨개질 잘하는 그녀를 만나 작은 시장 한편에 수예점을 내어 실타래도 팔고 털옷도 짜며 새끼들 키워놓고 이렇게 살고 있다네요. 술 냄새 사람 냄새 지린내 폴폴 나는 간이역의 시장 골목, 나는 행인 뜸한 밤이면 전신주에 걸친 초승달 마냥 좌판에 홀로 앉아 기타 줄을 튕기곤 한답니다. 내게도 격정의 시대는 있었는데, 소싯적 대중을 위한 민주화 항쟁에 동참하기도 했다지요. 문학을 좋아해서 소설도 좀 읽고 시도 좀 깨작거려 보았었죠. 그러니 젖은 앞치마를 두른 여인이여, 여기 앉아 내 노래 한 곡 듣고 가지 않으려오?"

커피 한 잔 얻으러 올 때마다 털어놓던 남자의 넋두리가 기타 줄 뜯는 소리와 함께 얽히고설키어, 가닥가닥 내 머릿속에서 시처럼 소설처럼 짜기워지기 시작하였다. 그런 나의 심경을 아는지 모르는지 그가 콧물을 훔치더니 씨익 웃었다. 연민인지 연정인지 얄궂게

튕겨나오는 기타 선율에 모르는 척 그의 곁에 주저앉고 싶었다. K
씨, 그대는 어쩌다가 선거판의 곁들이가 되어 내게 측은함을 안겨
주는가. 당신은 취한 듯 온종일 광장을 오가지만 차마 쓸쓸하기 그
지없어라.

띠딩 딩 딩디링 디딩. 딩딩딩딩, 일터로 발걸음을 돌릴 때까지 K
씨의 과거사들이 그렇게 등 뒤에서 울리다 멈추곤 하였다. 불 꺼진
시장터. 그릇 치우는 소리, 숟가락 거두는 소리에 흐느끼던 남자의
음악은 밤하늘에 묻혀버렸다. 역전 광장에서 마주칠 때마다 우린
경건하게 눈인사를 나누었지만, 시간이 흐를수록 그의 모습은 피폐
해져만 갔다. 어느 날부터인가 그의 기타其他 행적에 관하여 더 이
상 들을 수가 없었다.

＊기타행 : 중국 당나라 시인 백거이白居易의 「비파행琵琶行」에서 착안 변용함.

●

# 진주 사우나에서 온 사나이

김 사장은 그럭저럭 단체복 납품을 하며 홀로 살아갔다. 그 눈빛은 부도를 맞은 사람답지 않게 처연하고 무던하였다. 자신이 처한 상황을 즐기기라도 하는 것처럼, 물에 물 탄 듯 술에 술 탄 듯 삶을 누비고 다녔다. 술이 고프면 아무나 잡아 술잔을 마주하고 취하면 찜질방에서 눈을 붙이곤 하였다.

어느 날 그가 새로운 사람을 데리고 식당에 나타났다. 낯선 이의 외모는 준수하고 옷 입은 행색은 발랄했다. 티셔츠 위에 걸친 밤색 재킷은 터질 것처럼 품이 작고, 물 바랜 청바지는 두어 치수 정도 커 보였다. 잘 입은 듯하면서도 왠지 균형이 맞지 않았다. 보랏빛 줄무늬 양말은 마치 어린아이의 그것과도 같았다. 녹색 베레모 밑에서 빛나는 눈동자는 한 마리 사슴처럼 해맑았으나 갈라진 손등은 고난의 흔적을 말해주었다. 그의 표정엔 욕심 없는 장난기와 체념적 달관이 스며 있었다.

●

남자는 이따금 모자를 고치면서 김 사장과 술을 마셨다. 나는 그의 차림새에 호기심이 발동하여 슬며시 다가갔다. 그런 옷은 어디서 사느냐고, 이런 옷을 아무나 입겠느냐고 너스레를 떨었다. 가죽 재킷 속에 껴입은 낡은 셔츠가 시선을 자극했다. 신경이 쓰인 건 티셔츠에 새겨진 글자였다. '민주 사수'라 쓰여 있었다. 민주 사수라니. '이 남자 혹시 노동운동하는 사람 아닌가? 만날 시위만 하고 다니는 건 아닌지 몰라'라는 의구심이 들었다.

"저어, 죄송한데 윗도리 좀 살짝만 뒤로 젖혀 보시겠어요? 멋진 글씨가 박힌 것 같은데 잘 안 보여서요"라며 양해를 구했다. 그 역시 장난기가 발동했는지 재킷을 열어젖히는 시늉을 하다가 다시 감추는 행위를 반복하는 거였다. 젖힐락 말락 재킷을 몇 번이고 펼쳤다 여미곤 하였다. 남편과 나, 김 사장과 낯선 남자. 이렇게 마주앉은 우리는 남자의 행동을 보며 박장대소하였다. 나의 간절한 요구에 그가 "에라 모르겠다" 하며 겉옷을 훌렁 벗어던졌다.

진 주 사 우 나. '민주 사수'라 읽었던 글귀는 다름 아닌 '진주 사우나'였다. 양 끝 자모음 몇 개가 보이지 않아 '민주 사수'로 보였다. 셔츠의 출처를 확실하게 알게 된 나는 그의 생활을 어림칠 수 있었다. 말하자면 그는 노숙자였다. 찜질방을 전전하다가 찜질복을 그대로 입고 나온 것인지, 어디서 얻어 입었는지는 묻지 않았다. 그는 자기가 왕년에 K대 법대 출신의 잘 나가는 회사 대표였다며 '썰'을 풀었다. 부도가 난 뒤, 80평대의 아파트를 저당 잡히고 아내가 가출하자 자신도 언젠가 생을 끝내려 줄 하나를 마련했단다.

사건을 계획한 전날, 외진 신축 공사 현장을 답사한 그가 가건물의 난간에 줄을 단단히 매어둔 채 며칠 뒤 다시 찾았단다. 깊은 밤 어슴푸레한 곳에서 제 어깨를 툭 친 것은 차디찬 시신. 자기가 묶어 놨던 줄에 다른 이가 매달려 있었다고 한다. 저 때문에 애먼 사람이 운명을 달리했음을 깨닫고, 그에 대한 죄책감으로 '열심히' 살아간다고 말했다.

자식 둘을 미국에 보냈다는 그는 노숙생활이 얼마나 편하고 행복한지 모른다며 이른바 자신만의 '노숙론'을 설파했다.

1. 한 일주일간은 절대로 씻지 않아야 한다.

2. 머리칼이 땟국에 절어서 꼬들꼬들해지고 시큼떨떠름한 냄새가 진동할 때까지 온 동네를 돌아다닐 것.

3. 옷이 더러워지고 갈아입을 옷이 없어지면 '아나바다' 장터 또는 종교단체에 찾아갈 것. 그냥 주거나 단돈 일이천 원만 있으면 깨끗한 옷으로 교환해준다.

4. 돈이 필요하면 예식장에 찾아가 배고프니 밥 달라고 애원할 것. 그러면 지배인이 얼른 나가라며 만 원짜리 지폐를 손에 쥐어준다.

그는 한 시절, 웨딩홀만 다니면서 80만 원까지 벌어보았다며 회상하였다. '멀리서 보면 희극, 가까이서 보면 비극'이라더니. 반나절 동안 식당에 들어앉아, 몸을 이리저리 비틀며 곁눈질하는 그를 보니 "인생은 아름다워!"란 감탄사가 절로 나왔다.

　김 사장은 사우나 목욕탕에서 처음 그를 만났다고 한다. 숙식을 제공하고 술값을 주는 조건으로 조력자가 되어달라 요청했었나보다. 그러나 지극히 사회적이고 피동적이며 한없이 무거운 새 삶에 적응하지 못하고 어느 새벽에 줄행랑치고 말았다고 한다. 햇볕에 간판이 변색된 지하 봉제공장. 사람들은 뿔뿔이 흩어지고, 철제 선반마다 습기에 젖은 단체복만 쌓여 있었다. "갔어요." "정말요?" "아 글쎄, 도망갔다니까요!"


　"노숙은 매혹적인 여성 이름이 아닙니다. 이슬의 잠. 그것은 정착을 필요로 하지 않아요. 노숙은 길고양이 이름도, 길까치나 길비둘기 이름도 아니지요. 노숙은 억압받길 꺼리고 자유를 앙망하는, 모든 살아가는 영혼의 이름이랍니다."


　과연, 그럴까.

# 죽어도 강달이

식당에서 내는 반찬 중에서도 가장 만만한 게 젓갈이다. 젓갈은 한국인의 밥상 담론에서 빼놓을 수 없는, 쌀밥의 직속 보좌관과도 같은 음식이다. 해안가에서 나고 자라 타관을 떠돌던 우리 부부나 식객들에게 모름지기 그것은 고향의 맛이 됐을 터이다.

매번 정치꾼 몇을 대동하고 찾아와 갈비탕을 즐겨먹던 Y씨는 "늘 똑같은 오징어젓이냐"며 투덜거리곤 하였다. 그러면 나는 시장통 골목에서 뻥튀기와 비닐, 식료품 등 잡화를 팔고 계신 할머니에게 득달같이 달려가 다른 젓갈을 사와 그에게 진상하였다. Y씨는 자타가 인정하는, 한때 잘 나가던 정계의 막후인물인지라 나는 그를 극진히 모시도록 하달받은 터였다.

어느 날 되풀이되는 음식에 싫증이 났는지 오동통하고 땅딸막한 체구의 Y씨는 만 원짜리 한 장을 식탁에 툭 던져놓으며 색다른 찬을 좀 사오라고 명령했다. 곧 "예, 알겠습니다!" 하고는 역전시장으로 달려갔는데, 특별한 반찬을 물색하던 중 뻥튀기 할머니가 '황새기젓'을 손수 담그시는 걸 보게 되었다. 도시의 간이역전 시장에서 유독 젓갈 달이는 냄새가 진동하는 곳은 뻥튀기 할머니의 가게였다.

할머니는 새우와 황새기젓갈을 담가 김장철이 다가올 무렵 이웃에 선보였다. 파란 젓갈 통에서 탱글탱글한 황새기가 소금을 머금고 서로 뒤엉켜 있는 걸 발견한 내 입에서는 "오, 오!" 하고 감탄사가 절로 나왔다. "어머니! 이거 뭐예요? 황새기 아녀요?" 하니 "그려어. 깡달이여, 깡달이!" 하시며 만 원어치를 한 삽 가득 퍼서 비닐에 담아주는 것이었다.

황새기는 황석어黃石魚, 또는 석수어石首魚의 전라도 방언이다. 남도에서는 강달江達이, 혹은 깡달이로 불린다. 강달이라니. 강물의 흐름에 능하다는 뜻일까. 아님 결국 강江이라는 한 물줄기로 통한다는 의미일까. 황석어는 본래 황금색을 띠는 참조기어 일가라고도 하지만, 배가 노랗고 머리에 다이아몬드 모양의 돌기가 새겨진 '고귀한' 참조기와는 느낌이 사뭇 달라 보인다. 그 몸집을 보아도 커다랗고 맹맹한 부세 새끼는 더더욱 아닌 듯하다. 그러나 황새기젓! Y씨의 성화에 못 이겨 젓갈을 사러갈 때면, 소금에 잠긴 조기 새끼들이 아직 삭지도 않은 채 꼬들꼬들한 눈을 치켜뜨고는 내가 저를 동족상잔이나 하는 양 쳐다보고 있었다.

지방선거 이후 조직에서 팽을 당한 그가 눈물 흘리며 스스로 이적했다는 소문이 들려왔다. Y씨는 이후 한번도 우리 가게에 들르지 않았다. 비참하게 패한 자신의 모습을 역전 근처에 나타내고 싶지 않았을까. 강달이 같은 뚝심. 황새기 머릿속에 박힌 돌처럼 다부지게 생겼으나 소금에 전 듯 가련해보이던 남자. 한때 노동운동가로 명성을 날린 그가 어느 당에 들어가 누구를 위해 뛰고 있는지는 모르겠으나, 모쪼록 강달이 같은 깡으로 두 번 살길 바라는 마음 간절하다. 덩치 큰 개인을 위해 뛰지 말고 작은 사람들을 향해 걸어간다면 좋겠다.

신통하게도 항아리에서 삭을수록 황새기 몸통은 단단하고 쫀득거렸다. 원래의 그릇에서 나온 젓갈은 자리를 옮기자 산화하고 부패하여 썩은내가 진동하였다. 새로운 정치를 실현하겠노라 주먹을 불끈 쥐던 그는 어느 '님'에게로 달려갔을까. 소금도 곰팡이가 나고 쉰다는데 세상 일이야 오죽하랴. 부지불식간에 닥칠지 몰라 아무도 건들지 않았던 Y씨의 반찬통. 오래 전, 그가 방문했을 때 밥상에 내놓으려 사두었던 황새기 몸통이 다 짓물러버리고 말았다. 회수淮水를 지나* 상해버린 젓갈을 내다버릴 즈음, 역전은 또 한번의 총선 준비에 들썩이고 있었다.

입동이 다가오자 뻥튀기 할머니 가게에서 풍겨오는 젓갈 냄새가 혀끝을 자극한다. 아직 뭉그러지지 않은 황석어를 골라 도마에 확 쳐서 소금을 털어낸다. 약이 오를 대로 오른 청양고추 서너 개를 다져 어린 강달이 토막에 넣어 버무린다. 뜸이 잘 들어 톡톡 씹히는 황조기 새끼 한 젓갈의 각별함이여. 목구멍에서 녹아내리는 하구河

□의 궂은 이 맛을 어느 숙성된 반찬과 함께 논하랴. 나는 젓갈을 곁들이 음식이라 생각지 않는다. 그저 다른 반찬 없이도 흰밥에 젓갈 한 종지라면 숟가락의 기쁨을 헤아리고도 남음이 있다.

세상의 맛을 감별할 줄도 모르는 우아한 식객들. 고상한 양반들의 세 치 혓바닥을 잠재울 만한 고급 요리가 우리 집에 없다는 것도 기실 놀랄 일은 아니었으리라. 그가 철새정치꾼들을 데리고 우리 가게에 오지 않아 나는 참 마음이 편하다. 손님 가운데 더는 눈치 볼 만한 거간꾼도, 새로운 음식을 내놓으라 요구하는 '어려운 고객님'도 존재치 않으니.

태평양 근해의 등푸른생선들과 견주기도 가여운 서남해의 황석어. 온몸이 노란 조기새끼 강달이는 죽어서 참조기가 될 수 있을까. 그 또한 어느 한 곳도 버릴 것 없는 바람의 물고기는 아닐까 몰라. 더구나 대망의 다이아몬드 관冠은 언제나 제 이마에 새길 수 있으려나. 갖은 모략에도 굴하지 않았다 믿을 테니 부디 큰 뜻을 이루시구려. 강달 양반.

예 가져왔소, 황새기젓. 어디서 드시고 있는지 잘 모르겠소만.

*회수淮水를 지나다 : '회남淮南의 귤을 회북淮北에 심으면 탱자가 된다'는 중국 춘추시대 제나라 안자晏子의 고사성어 '귤화위지橘化爲枳'에서 인용.

108

# 청진에서 온 여인

동해로 떠나는 여름휴가에 그녀 가족을 끼워주었다. 사흘간 함께 숙식하게 된 옥주 씨는 북한 탈주민이다. 그녀 나이 스무 살 무렵에 동네 언니 꾐에 넘어가 중국으로 밀입국했다. 한국으로 넘어오기 직전까지 브로커들에게 온갖 시달림을 당했다고 한다. 탈북여성 대부분이 중국 오지의 남자들에게 팔려가고, 자신은 교통사고를 당하여 드러눕는 바람에 겨우 빠져나올 수 있었단다. 장마당을 돌며 근근이 연명하던 옥주 씨는 남한에서 건실한 사내를 만나 남부럽잖게 살고 있다고 하였다.

그녀와 함께 고향 그리는 마음을 술잔에 나눴다. 그래, 취할 수 있으면 취하고 떨칠 수 있으면 떨쳐내도 좋아. 삼십 도가 넘는 독주를 거침없이 들이켜는 옥주 씨 얼굴이 수심 깊은 곳에서 갓 태어난 어린 홍게처럼 붉게 물들어갔다.

"사랑도 했다. 미워도 했다. 그러나 말은 없었다아."

●

북녘에서 몰래 들었는지 남녘땅에서 배웠는지 그녀는 〈돌지 않는 풍차〉의 첫 소절을 구성지게 읊어댔다. 흘러간 옛 가요를 즐겨 부르는 옥주 씨를 보니 사뭇 격세감마저 들었다.

"누굴 그리 사랑하고 미워했지비? 그게 누구지비?"

짓궂은 나의 질문에 옥주 씨는 깔깔 웃으며 제 남편의 뒤통수를 가리켰다. 사람 좋은 그녀의 남편이 어깨 위로 엄지를 치켜들었다. 술에 취한 아내가 "나. 쁜. 놈" 하고 내뱉었다. 그러자 그가 "그리여. 내가 나쁜 놈이여. 내가 죽일 놈이지, 뭐" 하였다.

우리는 맑은 바닷물에 들어가 장난치고 놀았다. 옥주 씨는 처음에 머뭇거리며 물놀이를 하지 않으려 했다. 마지못해 제 아들 손에 이끌려 물에 들어가긴 했으나 출렁이는 파도에 튜브가 뒤집혀 짠물을 실컷 마셨다. 그 노는 모양이 세 살배기 천진한 아이 같았다.

이튿날 우린 더욱 다정해졌다. 나는 그녀 마음을 그저 달래주고만 싶었다. 옥주 씨랑 밤 바닷가로 나가, 그네에 나란히 앉아서 검은 물결을 바라보았다. 출렁일 때마다 은빛으로 반짝이는 파도가 거품을 가득 물고 달려와 자갈을 쓸고 달아났다. 바닷물에 덮였던 돌멩이들이 일제히 때구루루 소리를 냈다.


어둠 속에 곱게 풍화작용하는
백골을 들여다보며
눈물짓는 것이 내가 우는 것이냐

●

백골이 우는 것이냐

아름다운 혼魂이 우는 것이냐


지조志操 높은 개는

밤을 새워 어둠을 짖는다.

어둠을 짖는 개는

나를 쫓는 것일 게다.

— 윤동주 시 「또 다른 고향」 부분


"언니, 내가 가장 가슴 아픈 게 뭔지 알아요? 아버지 임종을 못 보고 장례식에 못 가본 것 때문도 아녜요. 엄마랑 언니들 보고 싶어서도 아녜요. 내 마음이 너무 아픈 이유는요, 나의 고향 청진에 대한 그리움 때문이어요. 내가 태어나고 자라서 친구들하고 뛰어놀던 곳인데 말예요. 나는 그 옛 생각 때문에 견디기 힘든 거예요. 나는 항상 남조선이 궁금했어요. 이곳 청진서 헤엄치면 바로 남조선 땅이겠지, 바로 남쪽 바다겠지 그렇게 생각했댔어요. 그런데 내가 지금 남한에 있잖아요. 이제 여기서 헤엄치면 저 끝이 내 고향 청진이겠구나 싶어지는 거예요. 여기서 헤엄쳐 가면 바로 북조선 땅이겠지요? 바로 저긴데, 바로 저 건너인데, 정말 못 견디게 고향이 그리워지는 거예요. 내 스무 해 젊은 시절이 저 바다 너머에 있다고 생각하니 정말 환장하겠거든요."

●

그녀는 손가락을 폈다. 그러고는 컴컴하고 아득해서 잘 보이지도 않는 수평선에 손을 맞춰 재는 시늉을 하더니 "봐요, 언니. 여기서 저기까지 딱 한 뼘이에요. 저 끝이잖아요. 딱 한 뼘 거리밖에 안 되는데 왜 나는 건너가지 못하는 걸까요?" 하며 끊임없이 자신의 처지를 토로하는 거였다. 제 고향 바닷가 항구도시에서 철없이 놀던 추억 때문에 견딜 수 없다고 하였다. 나도 덩달아 팔을 뻗어 수평선을 가늠해보았다. 그것이 높이인지 거리인지 넓이인지 몰라도 옥주 씨 말대로 꼭 한 뼘밖에 되지 않는 듯하였다. 그녀가 바라보는 바다는 멀리 있으되 결코 멀리 있는 게 아니었다.

"갈 수 있어, 꼭 갈 수 있을 거야."

"정말요? 정말 갈 수 있을까요?"

그녀가 연거푸 되물었다. 옥주 씨는 자기가 자라난 고향의 바다, 흙, 언덕, 공기, 구름과 같은 구체적인 기억들이 흩어져 날아갈까봐 꾹꾹 싸매려 애쓰는 것만 같았다. 그것은 북녘에 두고 온 부모형제에 대한 미안한 마음보다 어쩌면 더 우위에 있는 정서적 표현인지도 모를 일이었다.

다음날 아침, 숙취 때문에 일어나지 못하는 그녀를 위해 북엇국을 끓였다. 어느 먼 바다에서 잡혔는지 모를, 황태 한 마리 북북 찢어 국물을 만들려니 명치께가 따끔거렸다. 펄펄 끓는 냄비 속에 명태와 바다와 그녀의 고향이 뒤섞여 풍화하는 듯했다. 마음에 품고 있을 저마다의 이상향, '완전한 또 다른 고향'은 우리의 영혼 어디쯤

●

과 맞닿아 있을지.

밥상을 낼 때까지 그녀는 추억과 과거의 실타래에 묶인 채 미동 없이 누워만 있었다. 제 아들이 다가가 깨우려 하자, 곧 반쯤 눈을 뜬 옥주 씨 입에서 "청진아. 청진아아" 부르는 소리가 흘러나왔다.

# 반려초의 비명

산천초목보다는 아파트나 큰 건물에 눈이 돌아가는 시대, 맘 비우는 일이 쉽지 않다. 과욕을 부릴수록 영혼은 피폐해지고, 부러우면 지는 것인데 나는 이미 백기를 들었다. 여성에서 완전히 해방되고 나니 이제는 그저 잘 놀고 잘 자는 일이 최고인 듯하다. 나이 먹어 잘 노는 일 가운데 으뜸은 정원생활일 게다. 집안에서 우아하게 할 수 있는 취미는 모름지기 화초 가꾸기일 터이다.

어떤 나무 한 그루를 생각하건대, 1994년 7월 불볕더위 속의 이사를 잊을 수 없다. 삼십 도가 넘는 땡볕에 가재도구를 놔두는 바람에 오랫동안 키운 행운목이 생을 마감하였다. 키 크고 잎이 무성해서 듬직했던 그 화초는 추운 겨울 마룻바닥에서도, 햇볕 한 점 들지 않는 그늘에서도 잘 자라주었다. 생각날 때마다 물을 한번씩만 주어도 잎이 우거져 유일하게 반려초伴侶草라 여긴 꽃나무였다. 그게 그만 이삿날 우리 가족과 영영 이별을 하고 만 것이다.

●

작열하는 여름 뙤약볕 아래, 푸르던 행운목 이파리들은 삶은 국수가락처럼 축축 늘어졌다. 생물이라곤 우리 네 식구 외에 그 화초가 전부였다. 이사를 마치고 새 보금자리에 놓인 행운목을 지켜보았다. 물을 주고 영양제를 심으며 몇 날 며칠 나무만 쓰다듬었다. 그러나 나무는 가망이 없었다. 잎은 그대로 말라서 떨어졌으며 몸통은 쪼그라들었다. 종국엔 뿌리마저 퀭하니 뽑혀 넘어져버렸다. 주인 잘못 만나 쭉정이가 돼버린 행운목에게 미안한 마음이었다.

식당 개업식 때 모처에서 적잖은 화분이 배달되었다. 이웃과 손님들은 현관 입구에 둘러서서 화사하고 아리따운 꽃나무들을 감상하였다. 나는 자신을 잘 알고 있었다. 저 화분들을 집으로 가져간다면 단 몇 개도 살아남지 않으리라. 억만금을 주어도 나는 그들을 보살피지 못하리라는 것을. 하여 우리 부부는 바지런히 이웃들에게 분을 한두 개씩 나눠주기로 하였다. 저에게 정성을 다하는 동반자를 만난다면 꽃과 나무들은 얼마나 행복할 것인가. 화분이 하나둘 새로운 주인들과 함께 떠나갈 때마다 전세前世의 업이 씻기는 기분이었다.

보름 남짓 집을 떠난 적이 있다. 두 주간의 여행을 마치고 돌아오자 남의 집인 양 서먹하였다. 살림살이엔 언제 생겼는지 모를 먼지와 얼룩들이 눌어붙어 있었다. 바닥부터 청소하고 집안 곳곳을 살펴보았다. 크게 달라진 건 없었다. 즉석밥 몇 개와 육개장, 컵라면 등 일회용 음식이 식탁 위에 놓여 있을 뿐이었다. 아마도 저녁 밥

때에 퇴근하는 자식을 위한 아비의 마음이었으리라.

이렇듯 부모는 둘 중 누구 한 사람만 남아도 제 자식을 챙기게 마련이다. 이 집은 내가 없어도 잘 돌아가고 있었다. 수건도 새 것으로 잘 교환되고 책상은 한 치의 흐트러짐 없이 주인의 자리를 지켜주었다. 보름이나 비웠는데도 별 탈 없이, 변한 것 없이 말이다. 삶의 규칙이 깨졌다고 느낀 건 나 혼자만의 과도한 기분 탓이었을까. 다만 너무 이른 더위가 찾아왔으므로 공기가 후텁지근하던 차. 거실 한쪽에 놓인 화분을 보게 된 것이다.

매일 물을 줘야 살 수 있는 아이비는 말라붙은 채로 미라mirra가되었으며, 바야흐로 넝쿨을 뽑내며 올라가던 스킨답서스는 온몸을 늘어뜨린 채 집 나간 제 주인을 원망하고 있었다. 누런 잎들을 떨구며 올려다보는 눈빛이 나 죽소, 나 죽소! 물 좀 주소, 물 좀 주소! 비명을 지르는 듯했다. 그 여름의 악몽. 순간 죄책감이 들었다. 목을 축이려던 컵을 내려놓고 바가지째 물을 받아 흠뻑 적셔주었다. 몇 시간이 지나자 스킨답서스는 다행히 숨을 모아 쉬었다.

내세울 만한 취미를 찾지 못하는 나는 이렇듯 화초 키우는 일에 특히나 젬병이다. 얌전한 부인네들처럼 꽃과 나무를 사랑하고 위안을 얻지만 가꾸고 지킬 줄은 모른다. 집안에서 정원을 잘 가꿔놓고 사는 주부들을 대할 때면 경배의 마음이 절로 생긴다. 내가 하지 못하는, 차마 도전하기 힘든 화초 가꾸기에 그들은 어떤 믿음과 정열을 쏟아붓기에 그토록 아름답고 푸르단 말인가. 나는 과연 이들을

●

116

누릴 자격이나 있는 것인가.

생명에 값을 매길 수 있을까. 물을 먹으니 생명이고 성장하니 생명이며 견디고 있으니 생명이다. 무지와 이기심으로 너를 들여 보살피지 못했으니 반려초를 등한시한 것에 대한 죄를 스스로 묻지 않을 수 없다. 그것은 '누군가의 화초'가 아니었다. 나뭇잎과 뿌리와 꽃들과의 약속이며 그 초목을 들인 주인의 책임과 의무가 뒤따르는 일이었다. 삭막한 아파트, 누추한 노안을 밝게 만드는 건 초록뿐이라 여겨 작은 식물 몇 들였건만. 그간 될 대로 되라는 나의 오만 같은 건 아니었을까.

나무야, 미안하다. 꽃들아, 눈 맞추기 힘들구나. 나는 너희들과 이 관계를 지속할 수 있을지 여전히 의문이다. 푸른 잎과 새싹을 만져주는 일이 두렵다. 행운목아, 그날 너는 알고 있었으리라. 내가 주인될 능력이 안 된다는 것을.

# 까치는 죄가 없다

가지치기를 했는지 식당 앞에 잔가지들이 무수히 떨어져 있다. 공무원들이 그새 광장을 정비하였다. 아니라면 어느 몹쓸 바람이 꺾인 가지들을 쓸고 와 긴 의자 밑으로 패대기쳐놓은 것일까.

"누가 우리 가게 앞에 자꾸 나무때기를 던져놓는담" 하고 투덜거리니 남편이 그런 내 모양을 보고는 적이 우스꽝스러운 듯 손가락으로 하늘을 가리킨다.

"누가 그러긴. 저기 좀 쳐다봐. 저놈들이 그랬지."

"어디, 누구?" 고개를 들어보지만 뿌연 황사에 가려 하늘 빛조차 느껴지지 않는 허공이었다. 대체 어딜 보라는 건지. "저 위에 옥상 말이야. 간판 속에서 까치가 집 짓고 있잖아. 저 녀석 고집이 얼마나 센지 벌써 삼 년째 저래."

한 구역에서 장사를 한 지 스물다섯 해, 그간 건물주인이 네 번이나 바뀌었다. 몇 년 전에 건물을 매입한 주인은 오래된 빌딩을 대대적으로 리모델링하여 '교육원'이라는 새로운 명칭을 부여했다. 미래에 대한 확고한 이상이나 꿈도 없이 우리가 한우물만 열심히 파고 있는 사이에 건물이 여러 차례 손을 타게 된 거였다.

이곳은 새로운 방식을 추구하는 국가경영에 힘입어, '고용노동부가 실시한 교육훈련기관 인증평가를 통해 교육위탁자격을 인증받은 훈련기관'이 됨과 동시에 유능한 산업역군을 배출해내는 건물로 탈바꿈할 것이라 하였다.

새로운 주인들이 오가고 다시 한번 주인이 바뀐 자리. 지하 노래방, 이층 호프집, 삼층 댄스스포츠 학원, 사층 고시원은 모두 떠나고 없었다. 오랫동안 터전을 지켜온 남편의 정성이 빛을 발하는 순간이었다고나 할까. 그이는 새로운 주인에게 간절히 소망하였다. 이 바닥 이 자리에서 일을 하게 해달라고. 갈 곳이 없노라고.

구구절절 애원하는 우리 부부의 모습은 못내 구차하고 비루해 보이기까지 하였다. 그러나 어디로 어떻게 무엇으로 떠나랴. 얼마 후 젊고 패기 넘치는 주인은 심사숙고하여 임대를 연장해주었다. 막힌 벽을 부수어 창을 만들고 월세를 올리는 조건이 붙었지만 어쨌든 다행한 일이었다.

수많은 나날 시름을 앓고 난 뒤 건물은 눈부시게 재탄생하였다. 옥상 꼭대기 아래 유리벽에는 절제된 상호와 전화번호가 안착하였다. 그 자태가 사뭇 위엄마저 있어보였다.

그 빌딩 벽을 까치 두 마리가 위태롭게 오가며 집을 짓고 있었다.

이삼십 센티미터 정도의 비교적 일정한 길이에 손가락 굵기의 뾰족한 나뭇가지 몇 개가 또 낙하하였다. 쓸어 모은 잔가지가 건물 뒤편에 도독이 쌓여 있었다.

"아침에 나오면 나무가 한 가득이야. 한번은 바닥을 쓸고 있는데 갑자기 나뭇조각이 후두두 떨어지잖아. 너무 아프더라고. 화가 나서 새총을 샀지. 다시는 못 짓게 하려고. 이 나무때기로 얻어맞으니까⋯."

"아니, 총은 왜 쏴. 쟤들도 이 건물이 맘에 드니까 자꾸 자재를 나르는 거지. 일부러 떨어뜨리나? 까치가 뭔 죄람." 나는 괜스레 정색하여 쏘아붙였다.

"아, 그렇지. 근데 저놈 말이야. 고집이 보통 아니란 말이지. 주변에 크고 좋은 나무도 많은데 자꾸 저 자리만 우기거든. 참, 이번에는 가지를 받침대 위에 잘 걸어놓은 거 같아. 저 봐. 집이 아주 튼튼하게 지어졌어."

건너편 휴대폰가게 사장이 다가와서 까치집을 올려다보더니, 태풍 한번 지나가면 금세 무너질 거라 하였다. 하지만 남편은 내게 귀띔하였다.

"이번엔 나뭇가지를 제대로 걸었다니까. 저 녀석이 나무 걸치는 거 내가 다 지켜봤거든. 이젠 됐어. 두고봐. 절대로 안 무너질 테니까."

새총은 어디다 감추고, 그이는 까치둥지가 제 것이라도 된 양 우쭐하였다. 까치가 고집센들 당신만 할까. 나는 또 웅얼거렸다. 그 집이 우리 것은 아니지.

간절히 원하면 이루어진다던가. 그들의 본능은 죄가 없다. 정부 교육원, 유리벽 간판 속에 완성한 까치부부의 집은 별고 없으리라.

# 선생님, 저를 꾸짖어주세요

십여 년 전의 일. 숯불을 들고 식탁 앞에 다가선 순간 그녀는 이렇게 말했다.

"너! 공부 못하면 나중에 식당에서 이렇게 숯이나 나르는 거야, 알겠어?"

젊은 아주머니와 할머니, 아이는 겨우 일고여덟 살쯤 되었을까. 나는 "어머나아, 아드님 인물이 참 좋…" 하고 말하던 참이었다. 나를 처다보는 아이의 눈빛이 흔들리고 할머니는 안절부절못해 민망해하셨다.

"어머니, 공부 안 하고 되는 것은 세상에 아무것도 없답니다. 이 일도 마찬가지예요."

대번에 그리 쏘아붙였다.

나를 키운 건 팔 할이 선생님들의 가르침이었다. 나에게 선생님

●

이란 대체로 근접하기 어려운 우상이나 신화 같은 존재였다. 특별히 생각나는 선생님 세 분. 초등학교 2,3학년 담임이던 강정자 선생님은 아픈 엄마를 대신하듯 무척이나 엄했다. 앞에서 혼을 내고 뒤에서 다독이셨다. 선생님은 특활시간에 서예를 가르치기도 하고 방과 후엔 교내 도서관을 지키기도 하였다. 수업시간의 표정은 무서웠지만 외부활동시간에 건네는 미소는 한없이 깊고 인자했다. 4학년 때 서예부에 들어가 처음으로 선생님께 벼루에 먹을 갈고 화선지에 붓글씨 쓰는 법을 배웠다. 선생님은 나를 지켜보며 공부를 잘할 수 있도록 끊임없이 독려하셨다.

엄마를 잃은 슬픔이 가시기도 전에 내 동생 수경이는 초등학교에 들어가고 난 중학생이 되었으며 오빠는 고등학교에 입학했다. 집으로 가는 길은 늘 묵직하고 기운이 없었다. 단발머리에 투명 안경테. 하얀 교복 윗도리와 펄럭이는 감색 치마. 무거운 책가방을 끙끙대며 집으로 가는 길에 선생님과 마주쳤다. 나는 부끄러워 그만 고개를 돌리고 말았다. "선생님, 안녕하세요." 소리를 왜 못했던가. 죄스러운 마음에 다시 갈 길을 멈추고 선생님을 쳐다보고 섰다. 선생님은 먼발치에서 뒤돌아보더니, 만면에 미소를 지으며 고개를 끄덕이고는 다시 걸어가셨다. 마치 "네가 시경이로구나. 대견하게도 중학생이 되었구나. 그래그래, 그럼 됐다"라고 말씀하시는 것 같았다.


중학교 1학년 때 담임이던 채영선 선생님은 생물을 가르치셨다.

●

앳된 얼굴에 옅게 드리운 주근깨가 매력적이고 아름다운 분이었다. 나는 초등학교 때부터 꾸준히 일기를 써왔는데, 중학생이 되자 일기쓰기는 첫 번째 학교 규칙이자 학생들의 의무 과제가 되었다. 또한 매주 시를 한 편씩 외워서 조회 때 낭독해야 했다. 뜨거운 태양이 쏟아지는 교정에서 교장 선생님의 기나긴 연설을 들을 때, 담임 선생님은 곁으로 다가와서 "어지러우면 앉아도 돼"라고 나긋이 말씀하셨다. 나는 혼자 쪼그리고 앉는 것도 염치없어 끝끝내 부동자세로 서 있었다.

윌리엄 워즈워드의 「내 가슴은 뛰노라(무지개)」「초원의 빛」, 그리고 릴케의 「가을날」, 김영랑의 「모란이 피기까지는」 등이 어렴풋이 생각난다. 사십여 년이 흐른 지금까지 뇌리에 남아 있는 시 몇 편이 있지만 그 시구들은 점점이 지워져가고 있다.

우린 하루도 빠짐없이 일기를 써서 조회시간마다 무작위로 담임 선생님께 검사를 받았다. 한번은 사흘이나 일기쓰기를 빠트러 잔꾀를 부린 적이 있다. 조회 시작종이 울리기 전에 급하게 즉흥시를 지어 이틀치의 지면을 메우기도 했으나 시간이 촉박해 하루를 건너뛰고 말았다. 선생님은 일기 빼먹은 사람은 자진해서 일어나라 하였지만 나는 가만히 앉아 있었다. 심장이 두근거리고 얼굴이 붉어졌다. 선생님은 거짓말하는 학생은 두 배로 체벌을 가할 거라며 일기장 검사를 시작하였다. 내 책상 앞에 서서 "앞으로 넘겨봐"라고 묻자 꼼짝없이 하루치의 여백이 드러났다.

"어디서 속임수를 쓰는 거야! 손바닥 대! 넌 다른 사람보다 더 맞아야 해. 왜 그런지 잘 생각해봐, 알았어?"

목공소집 아이가 만들어 온, 매끄럽고 기다란 지휘봉으로 손바닥을 세 대나 맞고 눈물을 똑똑 떨어뜨렸다.

'어떤 일이 있어도 다시는 일기를 건너뛰지 않으리.' '다신 얕은꾀를 부리지 않으리.'

실은 내 일기는 교무실에서도 소문이 나 있었다. 담임선생님은 내가 쓴 일기장을 다른 선생님들과 돌려보며 칭찬하셨던 모양이다. 스스로 밥을 짓고 상을 차리는 이야기, 어린 동생 숙제를 봐준 얘기, 팔베개를 해서 재우고 머리 빗겨 학교 보낸 얘기, 방과 후에 장을 봐서 김치를 담그고 제사를 지낸 얘기, 다리미가 없어 젖은 교복을 요 밑에 깔고 잔 얘기, 아버지가 멸치볶음을 해준 이야기, 멸치 속에서 꼴뚜기를 골라먹은 얘기, 연탄을 갈다 불씨를 꺼트린 이야기 등등.

선생님은 늘 적당한 거리를 두고 채찍질을 하셨을게다. 나는 알수 있었다. 보통 아이들과 다른 생활을 하면서도 항상 해맑은 아이에게 선생님은 연민과 애정을 갖고 있었다는 것을. 60여 명이나 되는 과밀학급을 맡으며, 콩나물 대가리 같은 학생들을 일일이 대하는 것이 쉬운 일은 아니었을 터이다.

여고생이 되자 나의 콩나물 정수리는 무르익었다. 성장은 멈추고 발목을 지탱하던 잔뿌리도 더는 자라지 않았다. 아이들의 눈빛도 노랗게 농익어 간혹 스승이야말로 여학생들의 한담閑談거리가 되었다. 개성이 또렷한 교과목 선생님들의 명함을 거침없이 입에 올리며 뒷담화하던 시기였다. 딱히 놀거리를 제공받지 못한 여고생들이 하기 쉬운 장난이야말로 짝사랑이거나 '한 없이 미워하는' 일이었다.

고교시절은 초등, 중등 시절과는 그 생활방식이 확연히 달랐다. 고3이 되던 1983년에 두발과 교복자율화가 시행되었다. 나는 단발머리에서 숏컷으로 스타일을 바꿨다. 아이들은 자유롭게 옷을 입고 머리카락을 잘랐다. 그러나 의복의 종류와 색깔로부터 완전히 자유로워지진 못했다. 학생주임선생님은 끝없이 복장과 용모에 대해 주의를 줬다. 우린 어떠한 틀 안에 계속 갇혀 있었다. 수업료를 제때 내지 못한 학생들이 교무실에 불려가고, 조회시간마다 교단 앞으로 나가 면박을 당하곤 했다. 빈부 차는 여전히 심하고 혹독했다. 우등생이던 부잣집 어느 아이와 가난한 학생들을 대놓고 차별하는 선생님도 눈에 띄었다. 때로 선생님들보다 그 애가 우위에 있는 것처럼 보이기도 했다.

마지막 학창시절을 맡은 박영규 선생님은 학생들을 편애하지 않으셨다. 학업 성적이나 빈부에도 연연하지 않았다. 수업료를 꼴찌로 내도 절대로 친구들 앞에서 창피를 주지도 않았다. 나는 아침에 도시락이나 학비 문제로 아버지와 다투거나 늦잠을 자서 지각하기 일쑤였다. 선생님은 내가 지각하는 이유를 꿰뚫고 계신 듯했다. 모든 문제는 '밥과 돈'에서 시작되었지만, 그럼에도 난 다만 잠을 좀 더 자고 싶을 뿐이었다. 또한 아버지가 문제집 한 권만 사준다면 그날의 중간고사는 거저먹는 것이었다. 하지만 내게 필요한 참고서는 없었다. 대신 밥을 안치고 연탄을 갈고 동생을 챙겨야 하는 일이 기다리고 있었다. 지긋지긋한 부엌데기의 살림, 아들만을 바라보는 아버지에게 더는 아무것도 요구하지 않았다.

십대의 희망이라곤 찾아볼 수 없는 여고시절이었다. 나의 일과는 어떻게 지나가는지, 장녀인 내가 가족을 위해 할 수 있는 일은 상급학교 진학이 아닌 밥벌이라는 것을 인식해나가고 있었다.

선생님 또한 내 생활계획표와 가족사항 등을 눈여겨보셨으리라. 읽고 이해해주셨으리라. 진로상담 때 선생님은 "졸업하고 세상에 나가 사회인이 되는 것도 괜찮아. 대학에 들어가는 것도 좋겠지만 대학이 인생의 전부는 아니야"라며 나를 위로해주셨다. 그리하여 여고 졸업식 날, 초등시절부터 끊임없이 받아온 상장을, 다시는 받고 싶지 않은 '효행상'의 표본이 되어 졸업생 대표로 상을 받게 돼 있었던 것이다. 별 거 없는 못난 제자에게 모범상을 하사하신 담임 선생님과 끝내 작별인사를 나누지 못했다.

난 졸업식장에 나타나지 않았다. 아니 나는 효심이 강한 학생도 아니었으므로 그 상을 받을 자격이 없다고 느꼈다. 졸업식이 거행되는 강당 밖으로 내 이름이 세 번이나 호명되었다. 나는 교정 한 모퉁이에 숨어 새어머니와 아버지를 기다렸다. 선생님은 그런 제자가 얼마나 섭섭하고 염려되셨을까. 이는 눈을 감는 날까지 면목 없

●

고 죄스럽게 여겨야 할 일이다.

학창시절, 냉정하고 야속한 선생님도 계셨고 뇌물로 타락한 교사도 더러는 있었지만, 여전히 선생님이란 신뢰와 경애의 대상이며 때론 부모님의 우위에 선 존재라는 생각에 변함이 없다. 종종 부모가 하지 못하는, 할 수 없는 일들을 기꺼이 용기내어 대변해줄 수 있는 이는 우리의 스승 외엔 아무도 없을 터이다.

억압과 불평등 속에 수많은 투사들이 피를 흘림으로써 민주주의가 이루어진다고. 그래서 민주주의는 '피를 먹고 자라는 꽃'이라는 말을 하기도 한다. 그토록 아프게 성장한 민주주의는 자유와 평등을 낳고 자유는 또 다른 방종과 부정을 낳기도 한다. 정의는 사라지고 이기심이 질병처럼 각혈을 한다. 불공평이 폐허의 잡초처럼 불끈불끈 솟아난다. 자유인 듯 자유롭지 않고 평등한 듯 평등하지 않다. 교권도 무너지지만 가교家敎는 더더욱 허물어져 간다. 정치인이 부패하니 청년의 희망이 잠들어간다. 고귀함은 점점 더 가치를 상실하고 부귀함과 손잡고 달린다. 계급 간의 의식과 갈등은 진화하여 연약한 떡잎부터 개조하기 바쁘다.

타인의 생업을 매도하고 그의 고통을 즐기는 사람들. 짓무른 자신의 영혼에 스스로 홈집을 내며, 비뚤어진 가치관을 심어주는 부모의 자녀들에게 과연 미래는 올 것인가. 배우고 터득하지 않고서는 아무것도 할 수도 이룰 수도 없는 일들. 돌이켜보면 난 진정 선생님 복이 많은 아이였다. 삶의 방식이란 언제나 학창시절 선생님들의 가르침과 다르지 않았다. 좋은 선생님들에겐 공통점이 있었는데, 거짓말과 도둑질 그리고 남을 업신여기거나 음해하는 짓은 절대 해서는 안 된다는 것이었다.

사람을, 인간의 삶을 특정 부류나 집단으로 나누는 잣대는 무엇이고 근거는 어디에 있는지. 교육의 첫 번째 목표야말로 타인을 어려워하는 일, 즉 인간에 대한 예의는 아닐까. 나를 꾸짖고 감싸안을 단 한 사람의 스승이 필요한 시대. 셀 수 없이 많은 별들이 박혀 빛나는 아이의 눈빛을 내려다보며 난 한없이 따끔거렸다.

# 제4장 자유에 관하여

목마른 시절
그림자에 고하다
오! 격리해제
이르쿠츠크에서 부르는 노래
낙원에서 산호를 줍다
골목길, 그 행간을 더듬다
청어 뼈에 갇히다
성장하는 집

# 목마른 시절

바람도 머문 겨울날 아침, 목적지 없이 길을 나선다. 걷다보면 어디로 갈 것인가 생각하게 되고, 생각하다보면 갈 곳이 떠오르는 법이라 굳이 시나리오를 완성하여 나갈 필요는 없다. 삶이란 호시탐탐 기회를 엿보는 일. 〈보헤미안 랩소디〉의 가사처럼 '나와는 상관없이, 어쨌든 바람은 불어'올 테니.

내가 열 살께 산날맹이(산마루)촌이 올려다보이는 언덕바지의 나지막한 슬레이트집에 세 들어 살았다. 천덕꾸러기 손주들을 키우는 주인 할머니, 막 돌 지난 아기를 키우는 이쁜이네, 딸 셋을 내리낳고 또 아들을 낳게 해달라며 날이면 날마다 윗목에 시루떡과 촛불을 켜놓고 신주께 공양을 드리는 강희네, 칫솔에 약을 묻혀 눈썹을 까맣게 염색하고는 새하얀 양산에 뉴똥 한복을 차려입고 외출하는 과수댁 아줌마와, 얼굴에 마맛자국이 많아 화장품에 집착하는 고모 언니. 그리고 아버지와 단 둘뿐인 영이 언니네와 우리 다섯 식구.

●

이렇게 한 울타리 안에 일곱 가구가 엉기어 앉았다.

　하나의 작은 세계를 형성하는 이런 집들이 많게는 열 개에서 예닐곱 세대 정도로 나뉘었는데, 가구 수가 적을수록 방과 부엌이 차지하는 공간은 넓어졌다. 셋방은 짜임새 있게 연결되었으며 주인세대는 남향 한가운데 자리하고 있었다. 햇살을 좀 더 넉넉히 받고 있는 형태라고나 할까. 주인 할머니네는 좀 더 안쪽 깊이, 우리 집은 입구 가까이 있었는데 모처럼 방이 두 개나 되었다. 언덕배기에 자리한 집들은 대부분 흙으로 다져놓아 바닥이 고르지 못했다. 아이들은 넘어지기 일쑤였고 문턱 바로 밑에 놓인 잿빛 부뚜막은 매우 위태로워 보였다. 옆집 아기가 데이고 아랫집 아이가 굴러떨어졌다는 얘기가 간혹 들려왔다.

　간간이 눈발이 뿌리던 초저녁, 동네 친구들이 놀자며 찾아왔다. 그날은 하필 빨래를 하는 날이었다. 나가고 싶은 마음에 조바심을 냈지만 아빠는 "가시내가 해질녘에 어딜 나가냐!" 하며 불호령을 내렸다. 나는 땔나무 한 단을 사와 불을 지핀 뒤, 빨간 바가지에 뜨거운 물을 한가득 떠놓고 언 손을 담가가며 빨래를 주물렀다. 단수가 되어 날맹이촌에 물이 나오지 않자, 도로변에 있는 공용수돗가에 물을 받으러 나온 사람들이 피난 행렬처럼 늘어져 있기도 했다. 집 안의 맏이와 둘째들은 저마다 양동이와 플라스틱 통을 들고 나란히 줄을 섰다.

　발목까지 푹푹 빠지던 눈이 다 녹기도 전에 신작로 버드나무 가

●

지에는 연둣빛 새순이 올라왔다. 거리를 비추는 햇살은 밝고 따스했지만 무채색 지붕 밑까지 태양이 비집고 들어오진 못하였다. 아이 서넛이 소꿉놀이를 하거나 어른 둘이 밀담하기 좋은 뒤꼍에는 여전히 이끼가 끼어 있었고, 세월을 모르는 쥐며느리와 민달팽이가 곰질곰질 기어다녔다. 햇볕이 숨어버리기 무섭게 밥 먹으라는 엄마들의 목소리가 동네를 달궜으며, 땅거미가 내려앉을 무렵 주점에는 불이 켜지고 등이 시린 아빠들은 외상술을 마셨다.

엄마를 잃은 아이가 대문 밖으로 나가려다 안집 개줄에 걸려 넘어졌다. 사슬로 묶어둔 큰 개가 일어나고, 그 바람에 아이는 문틈에서 휘청거렸다. 굵은 쇠사슬이 발등을 툭 치자 그 애는 고꾸라졌을 게 분명하다. 맏이가 넘어진 동생을 업고 언덕배기 윗집 대문을 두드렸다. 울음소리에 양쪽 문이 열리고 키다리 주인 아저씨와 할머니가 뛰쳐나왔다. 얼굴과 옷자락이 피투성이가 된 아이를 보고 그들은 혼비백산하였다. 아이의 턱 주변이 심하게 찢겨 있었다. 다친 아이를 마루에 눕히고 아저씨와 그의 어머니는 약품통을 가져와 정성껏 응급처치를 해주었다.

이듬해 여름, 열한 살 소녀의 눈에 잔혹한 광경이 목격되었다. 장정 서넛이 가로수에 누런 개 한 마리를 거꾸로 묶어놓은 채 몽둥이로 패고 있었다. 개는 고통스럽게 울부짖다 축 늘어졌다. 그들은 곧 죽은 개를 끌어내리고 언덕 아래 공터 한가운데 불을 지폈다. 그을음 냄새가 지천으로 퍼지고 회백색 연기가 꼬리를 물며 마른하늘로 피어올랐다. 눈을 감으면 그 광경이 악몽처럼 되살아나곤 하였다.

며칠이 지나자 네 살배기 옆방 계집아이는 뒷집 사내아이와 놀다 얼굴을 물렸다. 잡일을 끝내고 귀가한 뒷집 아주머니는 잇자국이 선명한 계집애의 눈두덩 밑에 쌀가루 갠 물을 덕지덕지 발라주었다. 하루에도 몇 번씩 사건사고가 끊이지 않는 궁핍한 사람들의 터전이라니. 내 어린 날에는 왜 그리 넘어지고 다치는 모습들이 자꾸만 눈에 들어왔을까.

> 눈에 띄지 않는 가난에 대하여
> 누가 관심과 애정을 보일 것인가
> 생활의 중증장애자, 구차한 천덕꾸러기 되어
> 몰매 맞는 가련한 왕따,
> 가난은 이제 선하지도 힘이 세지도 않다
>
> ─ 이재무 시 「가난에 대하여」 부분

언덕 밑에서 불고 있는 개발의 이기로부터 비켜난 동네가 보인다. 걷다가 기억 위에서 멈춘 곳은 모처의 개미마을 골목 어귀이다. 그 길이 개미집처럼 연결되어 객들의 호기심을 자극한다. 낡은 의자에 앉아 시간을 지탱하고 있는 노파의 지팡이, 돌계단 밑에는 연탄재가 쌓여 있다. 단열 안 된 지붕들은 옹색하게 붙어 있으며, 꽃그림이 수놓인 담장은 딜레탕트의 호의처럼 구경꾼을 맞는다.

●

희망의 어린이는 어디로 갔을까. 이곳에도 아이들의 웃음은 보이지 않는다. 낯선 손님을 부려놓은 마을버스는 종착지를 돌아 서정과 낭만을 태우고 신기루처럼 사라진다. 가다보니 너무 먼 곳까지 왔나보다. 달동네 꼭대기에 올라 허름한 축대를 바라보고 있노라니 개미 같던 그 시절이 파노라마 되어 펼쳐진다. 시대는 삶에게 무엇을 요구하는가. 산마루의 겨울은 목이 마르고 기약 없이 높기만 하였다.

# 그림자에 고하다

지하도 옆길을 가로질러 일터로 향한다. 당정역 2번출구 쪽으로 한솔아파트가 맞은편 아파트를 또렷이 응시하고 있다. 주공아파트 3단지를 지나면 왼편에 기역 자로 오뚝 선 대흥아파트가 보인다. 좀 더 걸어가면 오성아파트 세 동이 차분하게 앉아 있다. 우체국 가는 샛길 쪽으로 두산아파트가 빼꼼히 고개를 내민다. 종종 키 작은 빌라들이 개나리꽃처럼 모여 있다. 이곳은 아이들이 뛰노는 모습을 많이 볼 수 있는 동네이다. 그 위상을 자랑하던 동아아파트 담벼락엔 재건축추진준비위원회 구성을 축하한다는 문구의 현수막이 붙어 있다. 역전에 가까워질수록 아파트 군락은 멀어져 간다.

집에서 일터까지 약 1킬로미터 가량 떨어져 있다. 차 타기에도 애매한 이 구간을 걸으며 아침을 만끽한다. 오른편 공원으로 접어들면 군포역과 당정역 사이 철길을 따라 폭이 좁고 기다랗게 연결된 자투리 둘레길이 나타난다. 녹음과 단풍이 어우러진 가을 오솔길,

이 동네에서 흙냄새를 맡을 수 있는 가장 호젓한 공간이다. 갈 데 없는 어르신들이 삼삼오오 모여앉아 장기를 두고 산책도 즐긴다.

조금 걷다보면 비둘기에게 먹이를 주지 말라는 환경과의 현수막이 달려 있다. '건강을 위협하고 건물을 부식시키며 악취를 내뿜는다'는 글도 적혀 있다. 그러나 비둘기들은 여전히 '심성 고운' 사람들이 던져주는 과자부스러기를 주워먹는다. 언젠가 내 곁에 서서 인간보다 더 유유하게 횡단보도를 건너는 비둘기를 본 적이 있다.

한가위도 지났건만 지난 날의 여열은 가실 줄 모른다. 마스크를 떼고 담배 피우는 사람들이 보인다. 가쁜 숨을 내쉬며 자전거 타는 사람, 땅바닥에 무릎 붙이고 은행을 줍는 사람, 등산복 차림으로 물을 나눠 마시는 사람들, 누군가의 운동을 기다리는 훌라후프 세 개가 고목에 기대어 있다.

몇 걸음 더 걸으니 '반려견 목줄착용 및 배변수거 의무'라는 현수막을 행정복지센터에서 두 군데나 달아놓았다. 반려동물과의 눈인사가 사람들 간의 소통보다 더 익숙한 세상이 되었다. 나는 산보하는 개들에게 길을 터주며 그림자를 따라 걸음을 옮긴다. 덜컹 소리, 구구 소리, 깍깍 소리. 걷는 내내 전동차와 새 울음소리가 뒤엉켜 귀를 달군다.

땅에 비친 그림자를 가만히 들여다본다. 그 속에 온갖 잡동사니가 쓰레기인 양 담겨 있다. 담배꽁초 두어 개, 비둘기 깃털 하나, 짓이겨진 은행 알, 비늘을 한껏 젖힌 솔방울, 돌조각들. 끈적끈적한

●

사탕 위로 개미 떼가 모여든다. 그림자 주변으로 나뭇가지와 이파리 문양이 한데 어우러져 그물처럼 얽혀 있다. 누군가 지나간 흔적들. 내 안에 들어와 있으니 그 또한 내 것이려나. 갑자기 온몸이 근질거린다.

하늘을 올려다본다. 내 생애 이토록 새파란 하늘을 마셔본 적이 있던가. 중추中秋의 하늘이야말로 정직한 파랑이라고 외칠 만하다. 가을 햇살은 저다지도 평등한데 이 그림자는 보잘 나위 없구나. 나는 실성한 여인네처럼 그림자와 깨금발놀이를 한다. 한발을 들고 제 몸통을 밟는다. 나뭇잎 그늘 속으로 머리가 들어가고 다리가 들어가고 신발이 들어간다. 벤치에 앉은 할머니들이 일제히 나를 쳐다본다. "젊은 게 좋은겨" "허리가 멀쩡한게지" 하신다. 나는 부끄러움도 잊은 채 속으로 '젊기는요. 멀쩡하기는요' 하다가 씩 웃고 만다.

공원이 끝나는 지점에 전국 환경감시협회 지부 명판이 붙은 컨테이너 한 동이 놓여 있다. 그 설치물을 기점으로 공영주차장이 역전까지 이어진다. 너른 주차장 초입에 5톤짜리 이삿짐센터 차량들이 즐비하다. 고가도로 위로 자동차 달리는 소리가 들리고 교각 주변으로 수십 마리의 비둘기들이 휴식을 취하고 있다. 가끔씩 허옇게 달라붙은 새들의 배설물을 밟아야만 한다. 분변 냄새보다 독한 건 군집을 이루고 있는 모습이다. 날개를 내리고 무리지어 앉은 그들의 어깨가 때론 공포스럽기까지 하다.

상가商街에 가까워질수록 담배 연기와 종이상자, 일회용 배달그

룻, 술병 등이 흘러넘친다. 역전에 다다르니 '대장동 투기몸통 발본색원'이라 적힌 문구가 매섭게 쏘아보고 있다. 큰 도로변엔 형형색색의 현수막들이 넙죽넙죽 웃는다. 언제쯤이면 저들의 놀음과 비둘기들의 식사를 구분지을 수 있을까. '쓰레기를 무단투기하지 맙시다'라는 경고의 실효성은 어느 훗날까지 지속될 것인가.

내 몸은 느리게 걸어가나 잡히지 아니하고, 하늘 아래 공원길은 잡념으로 어수선하다. 움직이지 않는 그림자는 한 줌 어둠일 뿐. 나를 닮은 그늘은 콘크리트 틈새로 들어가고 나서야 사라져버린다. 화단의 민들레 몇 송이는 포자를 터뜨리지 않은 채 회색 솜털을 온전히 뽐내고 있다. 오늘, 걸어온 길이만치 이 가을의 심상을 그림자에 붙여 전하련다.

# 오! 격리해제

대체 나는 무슨 죄인가. 또 내 아이들은, 내 부모와 노인들은. 새벽시장에 나서는 저 상인들은.

코비드-19는 20, 21이 되어도 잦아들지 않는다. 봐야 할 사람을 보지 못하고 만나야 할 가족을 만나지 못하니 사는 게 사는 게 아니다.

명절 전까지만 해도 나는 들떠 있었다. 백일 지난 손자가 추석에 온다 하니 그렇게 기쁠 수가 없었다. 아기를 만나기 위해 일찌감치 Tdap(파상풍, 디프테리아, 백일해) 혼합백신도 맞고 코로나 백신도 접종했다. 음식 준비를 하려 시장에도 몇 번씩 다녀왔다. 그러자 작은딸에게 자가격리를 해야 한다는 청천벽력 같은 소식이 날아들었다.

아이는 절친 두 명을 만났다. 친구 집에서 셋이 저녁 식사를 한 게 화근이었다. 실은 내 아이의 격리보다 두려운 건 가게 문을 닫게 되는 일이었다. 우리 부부도 내내 잠을 못 이루었다. 이는 사회적인 문제이면서도 극히 개인적인 사건이라 그 온도가 타인보다 훨씬 높게 작용한다. 다들 죄인이 된 것처럼 마음고생이 이만저만이 아닐 터이다.

몇 달 전에 우리 가게에도 확진자가 다녀가서 직원들과 함께 두세 차례나 검사를 받은 적이 있다. 보건소 공무원들이 전수조사를 하러 식당에 들어와 방문기록부와 CCTV를 돌려보았다. 엄청난 압박감과 피로를 느꼈지만 어쩔 수 없었다. 요행히도 점심식사 뒤 휴식시간에 손님 두 팀만이 멀리 떨어져 앉아 있는 게 목격되었다. 그들 중 한 명이 감염자였다지만 마냥 그를 탓할 수만은 없었다.

남편은 초미립자 방역소독기를 비치해 식당 안팎을 미친 듯이 분사했다. 그날 그 시간대에 많은 손님이 밀집해 있었다면 전후 방문한 손님들과 그 가족, 친지, 나아가서는 직장인 모두가 역학조사를 받아야 할 판이었다. 요즘 동네가 난리도 아니다. 이역만리 타국으로 건너와 밤낮없이 성실하게 일하던 양꼬치집 사장이 쓰러져 병원에 시설 격리되었다. 가게는 문을 닫았다. 수십 년째 자리를 지키던 과일가게 주인도 양성으로 나와 고역을 치렀다.

딸애는 2주간의 자가격리에 들어갔다. 음성으로 판명났지만 격리하는 동안 아이를 고운 시선으로 대할 수 없었다. 음식 장만을 돕겠다는 딸에게 가까이 오지 말라며 손사래부터 쳤다. 아이는 그런 엄마를 빤히 쏘아보다가도 못내 미안한지 방문을 걸어 잠갔다. 모두가 잠든 사이 딸애는 홀로 끼니를 때웠다. 한집안 두 가족, 적과

•

의 동거를 시작했다고나 할까.

나는 내 자식과 될 수 있으면 마주치지 않으려 이리저리 피해다녔다. 아이가 지나는 길마다 에탄올을 뿌려댔다. 소독용 알코올이 떨어지지 않도록 수시로 점검하여 비치해두었다. 화장실, 주방, 침실까지 집안을 돌아가며 에탄올 뿌리는 일이 하나의 일과가 되었다. 이건 허상이야! 픽션이야! 주문도 걸어봤지만 코앞에 닥친 현실이었다.

아이의 동선은 하루 세 차례 휴대폰을 통해 철저히 감시당했다. 전화기가 꺼져 있거나 격리이탈이 되면 법적 처벌을 받을 수 있었다. 명절에 쉬지 못하는 담당 공무원들도 고생이지 싶었다. 감시자와 격리자 사이에 돈독한 인간관계가 형성될 것이니 어찌 생각하면 마냥 갑갑할 일도 아니었다.

아이는 자가진단키트를 사서 스스로 검사를 하고 수시로 발열체크도 하였다. 2주가 되어갈 무렵 보건소에 가서 재검사를 하였다. 격리 전후 기간 무려 세 번의 검사를 했다. 결과는 음성이었고 우리 가족은 살얼음판에서 해방되었다. 격리를 해제하자 큰딸과 사위는 아기를 데리고 왔다. 보고팠던 손자의 해맑은 얼굴을 대하며 "네 덕에 웃는다"는 명언이 절로 튀어나왔다.

바이러스가 창궐해도 세상은 돌아가니 아니 일할 수가 없다. 우리는 '존버정신'으로 이 상황을 극복해나가고 있다. 하루 벌어 내일을 살아가는 소상공인들에게 폐쇄명령은 역병만큼이나 무섭다. 바이러스의 목적은 인간성 상실인가, 인간 의지에 대한 실험인가. 만물은 저마다의 방식으로 자신의 삶을 산다 하나, 약발이 떨어졌는지 이젠 스스로의 운명을 점치기도 힘들다. 죄가 많으니 인간이다. 차라리 온 인류가 문을 닫고 한차례 겨울잠을 자두는 건 어떠한가.

코로나시대가 '누군가에게는 희망이고 누군가에게는 쇠망'이라고들 한다. 살아가는 동안 우리는 누구라도 잠재적 슈퍼 전파자가 될지도 모르는 일이다. 그렇다면 지구인 모두가 바이러스 보균자이며 매개체인 것은 아닐까. 열차는 달려오고 사람들은 진퇴양난의 기로에 서서 살기 위해 몸부림칠 터이다. 가장 견디기 어려운 것은 인간이 인간에게 향하는 모멸과 비난의 시선이리라. 인생은 코로나 이전과 이후로 나뉜다더라. 영화 〈박하사탕〉의 마지막 장면을 누군들 떠올리지 않을까 싶지만, 희망을 염원하는 마음에 나도 한번 질러본다.

"나 다시 태어날래애!"

# 이르쿠츠크에서 부르는 노래

버스는 자유롭게 질주했다. 앙가라 강을 끼고 끝없는 평원이 이어졌다. 하늘과 땅의 종착지는 보이지 않았고 종종 들판에서 소들이 한가롭게 앉아 노는 모습이 시야를 사로잡았다. 하늘을 수놓은 구름은 하나같이 널찍하게 흩어져 있었다. 광활하기만 한 도화지 위로 다양한 구름의 형태를 찾아볼 순 없었다.

하늘은 들판에 내려와 있고 들판은 하늘을 받치고 있는 듯했다. 땅과 허공, 두 개의 풍경 사이에 줄을 긋는다면 금세 떨어져 나갔다가도 곧 들러붙을 것만 같았다. 위아래를 거꾸로 뒤집어놓는다면 어느 쪽이 하늘이고 어느 곳이 땅인지 모를 만큼 몽롱하고 혼미한 분위기를 자아내고 있었다.

쇳덩이처럼 묵직하고 덩치 큰 바람은 종종 여행객들의 목덜미와 등 뒤로 정감 없이 날아다녔다. 차창 밖 한 줄기 평행선과 함께, 우리는 언제라도 그들의 바람 소리에 빨려들 것처럼 한없이 달릴 뿐

●

이었다. 지평선 너머의 소실점은 읽지 못할 타국의 언어만큼이나 멀리 있었다. 바람이 거세질 때마다 대지와 하늘의 맞닿은 경계가 뒤섞여 묽어보이기까지 했다.

얼마나 달렸을까. 이윽고 커다란 이정표가 눈에 들어왔다. 도로 한복판에 버스는 섰다. 일행은 점심식사를 하러 차에서 내렸다. 가느다란 빗방울이 떨어지고 있었다. 먹구름이 떼를 지어 몰려오고 하늘은 금세 찌푸렸다. 눈앞에 보이는 오래된 건물들은 아무도 살지 않을 것처럼 음산해보이기 시작했다. 오후 두 시가 채 되지 않은 시간이었지만 사위는 침몰하는 저녁의 풍경인 양 어둑해졌다.

러시아어로 쓰인 대형 간판 밑으로 '평양식당'이라는 소탈한 글씨체가 눈에 들어왔다. 그냥 보기엔 식당 건물이라기보다 오래된 여인숙이나 하숙집 같았다. 낡고 삐걱거리는 나무계단을 올라 안으로 들어섰다. 탁자 위에는 잡다한 식재료를 첨가치 않은, 지극히 간결하고 담박한 반찬 몇 가지가 개인 접시마다 가지런히 담겨 있었다. 자리에 앉자 알록달록 꽃무늬 한복차림의 종업원들이 육개장을 내왔다.

객들의 식사가 끝나갈 즈음, 접대하던 여인들이 밝게 웃으며 다같이 무대로 올라갔다. 그들은 마이크를 쥐고 음악에 맞춰 노래를 부르기 시작했다. 푸르스름하고 연붉은 두 개의 사이키 조명 빛이 별처럼 반짝이며 식당의 옹색한 벽면과 바닥을 수놓았다. 이런 감정을 뭐라고 해야 하나. 피가 시키는 일이랄까. 아니면 급진적 사고라 해야 하나. 생전 처음 접하는 광경에 즐거움보다는 연민이 앞섰다. 차갑고 음산한 도시의 변두리에서 밥을 팔고 노래하는 동족의 재량에 그저 카메라 셔터만 눌러댈 뿐이었다.

두어 곡쯤 불렀을까.

"찔레꽃 붉게 피는 남쪽나라 내 고향, 언덕 위에 초가삼간 그립습니다."

노래 부르는 영상을 연신 찍고 있을 즈음, 옅은 실루엣 하나가 화면에 포착되더니 곧 두 눈에 들어왔다. 손가락으로 눈가를 훔치는, 콧등이 붉어진 임헌영 교수의 옆모습이었다. 천천히 식사를 마친 선생님은 노래하며 춤추는 그네들을 보고 미소조차 머금지 않으셨다. 그저 의자에 걸친 한쪽 손끝으로 허공만 연신 토닥일 뿐이었다. 그분은 아마도 못내 서글프고 사무치는, '어떤' 응어리 같은 것을 질금 삼키고 계셨으리라.

순간 마음이 갑갑해졌다. 전쟁과 분단에 울고 지쳐 숨죽인 그 상황들이 포만한 뱃속을 복잡하게 만들었다. 아무것도 겪지 못한 내가 뭘 어찌 알 수 있으랴. 식당 여인들의 노랫소리와 스승의 젖은 눈빛을 보고 더는 사진기를 들 수 없었다. 카메라를 끄고 밖으로 나왔다. 넓디넓은 땅, 황무지 같은 공터. 젖은 흙 위로 막아놓은 얕은 담장엔 빗물이 고여 있고 그 안엔 온갖 오물과 쓰레기들이 뒤엉켜 있었다. 도로에는 차량이 연거푸 지나갔다. 겨우 낮 두 시밖에 되지 않았음에도 하늘은 더욱 침침해지고 더 짙은 먹구름이 몰려왔다.

시베리아 한복판에 위치한 평양식당에서의 식사시간은 불편하기 짝이 없는 여흥이었다. '끝없는 대지 위의 고독'이란 바로 그런 게 아니었을까. 어떤 방법으로든 남북이 하나되기 위해 노력하는 일은 눈물겨운 것인데, 그들이 차려준 음식을 먹고 그들이 부르는 노래를 들으며 잠시나마 그들의 눈빛과 마주하는 것도 통일을 향한 모래알 같은 실천일진대.

다시 버스에 올랐다. 전쟁터에서 죽음을 맞이한 채 고국으로 돌아가지 못한 영혼들을 슬퍼하는 노래를 나는 이르쿠츠크에서 들을 수 있었다. 톨스토이의 인문학과 데카브리스트의 봉기蜂起, 전쟁의 역사에 대해 강론하던 선생님이 러시아어로 노래 부르기 시작했다. 그러자 좌석에 앉은 문인들이 너나할 것 없이 이구동성으로 "으으음으음, 으으음으음—" 하며 화음을 넣는 거였다.

삼각형으로 대오를 이루어 피곤에 지쳐 나는구나, 저 무리 속에 나는 작은 틈을 만드네, 그 자리가 바로 내 자리는 아닐는지….

〈쥬라블리журáвль, Zhuravli〉. 감미롭고 슬프기까지 한 선율의 가사를 찾아 읽고 그 아픔을 들여다본다. 1941년 제2차 세계대전 당시 독일과 러시아의 전쟁 중 가장 참혹했던 싸움은 스탈린그라드 전투였다고 한다. 비극적인 세계전쟁에서 대항 없이 쓰러진 이들 또

●

한 부녀자와 어린이들이었다. 그들은 권력의 총칼 앞에서 속수무책으로 죽음과 맞닥뜨려야 했다. 폐허 속에 피 흘리며 쓰러져가는 아이의 사진을 본 적이 있다. 가장 참혹하게 유린당하는 건 언제나 죄 없는 민간인들이다.

가지 마라, 가지 마라. 전쟁터에도 가지 말고 타국에도 가지 마라. 우린 한목소리로 '쥬라블리, 쥬라블레이'를 노래했다. 이르쿠츠크의 대평원을 달리는 버스 안에서 소리 높여 불렀던 백학白鶴. 전쟁터에서 숨져 돌아오지 못한 청년들의 넋이라니.

시로 쓰인, 문학으로 부르는 노래는 우리에게 어떠한 의식을 심어주는가. 간절함이란 상상으로만 떠도는 언어는 아닐까. 외세에 밀려 힘없는 동족끼리 대립해야 했던 한국전쟁의 고통이 후대의 뼛속까지 켜켜이 남아 있다. 만날 수 없는 사람들. 조각난 땅덩어리와 이념 속에서 서로 상처주는 일이 더 이상 일어나지 말았으면. 우리의 슬픔이 끝났으면!

이르쿠츠크의 밤은 희고 길었다. 곧 시베리아에 사나운 바람이 불고 쇳덩이 같은 눈보라가 몰아칠 터이다. 병사들의 영혼은 어디까지 무리지어 날아가려는지. 1941년의 봄날, 일제 강점기에 쓰인 노래 〈찔레꽃〉은 얼마나 오래 기다려야 붉은 열매를 맺을 수 있을지. 고향으로 가는 그들의 겨울이 영원히 따스하기를. 동토에 묻힌 어린 학들의 노래가 평안하기를. 서울과 평양이 이 계절의 종착역이 되기를.

# 낙원에서 산호를 줍다

## — 민도로 섬 '망얀 빌리지'와 '사방비치'에서

첫날 마닐라 주변을 둘러본 우리는 이튿날 민도로 섬으로 향하는 짐을 꾸렸다. 소형 밴에 일행을 태운 기사는 세 시간 남짓 도로를 질주하였다. 바탕가스 터미널에 내리자 기다렸다는 듯 건장한 남자 여럿이 달려들었다. 그들은 날렵하고 주도면밀하게 여행객들의 가방을 낚아챘다. 선착장까지 고작해야 오 분도 안 되는 거리지만 그 짧은 시간 현지인들이 가방을 들어다주고 수고비를 받고 있었다. 순식간에 벌어진 일이라 당황했지만, 가방을 옮겨놓은 대가로 1달러씩 주니 그들은 "겨우 1달러"냐며 투덜거렸다. 두려운 마음에 바로 웃돈을 얹어주었다.

불과 몇 년 전만 하더라도 거의 모든 팁은 1달러 정도면 충분했다. 그러나 최근 들어 이들에게 지불하는 서비스 요금이 몇 곱절 뛰었다고 한다. 마카티(마닐라 남쪽 교외 산업도시)에서 수년간 호텔 사업을 하다가 다 들어먹고 나왔다는 J는 1달러짜리 팁은 존재하지 않는다고 귀띔하였다. "Give me the money, ma'am." 섬으로 가는 배에 몸을 싣기도 전에 코 묻은 아이들이 쫓아와 손바닥을 내밀었다. J가 바지춤에서 동전을 꺼내 나눠주며 환하게 웃었다.

두 시간여 배를 타고 내린 곳은 언뜻 보아도 외국인 일색이었다. 백사장 초입에 낡은 담요를 깔고 다섯 식구가 모여앉아 밥그릇을 긁고 있었다. 아기를 업은 할머니가 애들을 채근하며 자리를 정돈하였다. 서너 살쯤 돼보이는 아이들이 스스로 알아서 담요를 털고 접었다. 할머니와 어린 손자들은 여행객들이 지나칠 때마다 땟국으로 얼룩진 손을 내밀었다. 걸음마를 떼지 않은 막둥이만이 포대기 속에 얼굴을 묻고 있었는데, 우리와 시선이 마주치는가 싶더니 그 어린 것마저 반사적으로 손을 내미는 것이었다.

J는 "나를 따르라"는 예수의 명命처럼 우리를 이끌고 다녔다. 나는 그 낯선 풍경 속에서 어둠과 빛, 환희와 절망을 극명하게 판단하기가 쉽지 않았다. 사람들의 삶은 밝아보이면서도 희망이 느껴지지 않았고 우울하진 않았지만 그다지 평화로운 모습도 아니었다. 섬 여기저기서 덩치큰 노년의 외국 남성들과 작은 체구의 바바에(여자)들이 약속이나 한 것처럼 제각기 짝을 이루고 있었다.

툴툴 검은 연기 내뿜는 지프니(지프차를 개조한 운송수단, 괴상하게 생긴 그 자동차는 내일이 없을 것처럼 죽어라 하고 내달렸다)를 타고 망얀 빌리지(민도로 섬의 원주민 마을)에 들어섰다. 쇠그물을 엮어 만든 기다란 구름다리가 마을로 통하는 유일한 관문이었을

●

까. 산화되어 붉게 녹슨 다리가 해먹처럼 출렁거렸지만 원주민 아이들은 맨발로 그 위를 뛰어다녔다. 망안은 토속마을이라기보다 그저 오래된 빈민가일 뿐이었다. 집이라곤 흙과 나무로 얽어 겨우 틀을 만들어놓은 움막 같은 형태였다. 사방이 대나무 오리로 만들어진 네모난 틀 안에서 아기에게 젖을 물리는 어린 엄마의 옆모습. 마을 어린이들은 1페소도 채 되지 않는 스펀지 과자조차 사먹지 못했다. 그들은 우리를 보고 밝게 웃으며 인사했다. "Money, ma'am." "Money, sir." J는 구멍가게에서 과자를 싹쓸이하여 일행에게 배당했다. 아이들이 구름처럼 몰려왔다. 갑자기 키가 크고 나이 많은 소년이 달려오더니 저보다 작은 아이들을 밀치고 연거푸 과자를 낚아채갔다.

나는 영웅의 허세 같은 이 짓을 차마 못하겠다며 과자 주머니를 내려놓았다. 우리가 여기 온 목적이 이런 곳에서 저 가여운 아이들에게 싸구려 과자를 사서 나눠주는 거냐고, 타지에서 왜 맘대로 행동하느냐고 반박하다 결국은 J와 고성이 오가게 되었다. 그러자 그가 이렇게 요구하는 것이었다.

"관광도 좋지만 이런 곳도 와서 보고 생각도 좀 해보라고요. 그리고 당장 이곳에서 할 수 있는 게 뭘까요? 이 천진한 아이들 표정 좀 봐요. 상처투성이인 발들 좀 봐요. 저 구정물 위를 슬리퍼도 없이 돌아다니잖아요. 과자라도 사서 나눠주면 다들 좋아하지 않아요? 저 해맑은 아이들 얼굴 좀 보라고요! 그러지 말고 얼른 이 과자나 좀 나눠줘봐요."

어둑해진 저녁, 사방 비치의 비좁은 골목을 돌고돌아 나오니 식당과 클럽의 환한 야경이 펼쳐졌다. 화장을 짙게 한 남성 성소수자 몇몇이 체격 좋은 남편을 보고는 "오빠, 안녕하세요" 하며 손을 흔들었다. 밥을 먹으러 들어간 한국식당에는 젊은 필리핀 아가씨들과 외국 남성들이 어우러져 식사를 하고 있었다. 종종 한국 남자들이 여자들과 술잔을 맞대고 건배를 외치는 소리가 들렸는데, 삼사십대부터 백발의 칠십대 노인까지 연령층이 매우 다양해보였다. 거구의 유럽 남자들과 상대적으로 왜소한 동양 남자들이 바바에의 어깨에 손을 얹은 채, 하룻밤 로맨스인지 영원한 사랑인지 그들만의 애정 행각을 적나라하게 과시하고 있었다.

마땅히 갈 곳이 없던 우리는 자리를 옮겨 클럽으로 들어갔다. 도살한 돼지의 거죽에 등급을 매기듯 입구에서는 관리인이 팔뚝에 푸른 야광도장을 찍어줬다. 어두운 공기, 오래된 듯 피복이 찢어져 너덜거리는 소파에 앉아 맥주를 주문했다.

조명도 빈약한 마룻바닥에서 한국 남성들이 바바에들과 어울려 춤추고 있었다. 중앙의 무대 전망대와 연결된 사다리 난간으로 남자 서넛이 모여 있는 게 보였다. 그들은 바지춤에서 100페소, 200페소짜리 지폐를 한 움큼씩 꺼내 아래쪽으로 뿌려댔다. 낙원의 술과 분위기에 취한 남자들은 '자랑스럽게'도 한국어로 노래하며 괴성을 질러댔다. J는 그 광경을 보면서 감개무량했을까. 자신도 한때 술집을 다니며 20,000페소씩 뿌린 적이 있다며 무용담을 늘어놓았다.

골목은 좁을 뿐더러 양쪽으로 클럽들이 마주보고 있는 형태였는데, 업소들은 대체로 관광객들이 밖에서도 눈요기할 수 있도록 살짝 입구를 열어두고 있었다. 맞은편 클럽, 무대 여기저기서 반라의 무희들이 쇼를 하고 있는 모습이 비쳤다. 폴댄스를 추는 여성들의 체구는 매우 가냘팠지만, 여름 땡볕만큼이나 뜨겁고 야무져 보였다. 여자들의 연령대를 대략 짐작할 수 있었지만 우린 함구하였다.

눈빛이 흐릿한 살찐 여종업원이 음료를 주문하라며 일행 앞을 가로막았다. 맥주와 땅콩 한 줌을 갖다주더니 영혼도 없이 돈을 낚아채서 사라져버렸다. 어두운 구석 한편에 학생으로 보이는 금발의 청년 셋이 탁자에 콜라 한 병만을 놓은 채 히죽거리고 있었다. 〈치키티타Chiquitita〉아바의 노래가 흘러나오자 여기저기서 환호하기 시작하였다. 은빛 쇠기둥을 박아놓은 무대 위에서 여인들은 온몸을 흔들어댔다. 음악소리는 높아가고 골반을 뒤트는 무희에게서 객들은 눈을 떼지 못하였다. 연달아 무대에 오르지 못한 어린 접대부들도 손님이 앉은 통로에서 격렬하게 허리를 움직였다. "치키티타, 우린 알고 있잖아. 네가 다시 춤출 때 고통이 끝난다는 것을. 슬퍼할 시간이 없다는 것을" 노랫말에 맞추어.

바닷가로 돌아온 나는 풀이 죽어버렸다. 여행을 망쳤다고 생각하

●

니 그가 괘씸해지기 시작했다. 출발 전만 하더라도 나는 단꿈에 젖어 있었다. J는 우리 부부에게 4박 5일간 필리핀 자유여행을 가자고 달콤하게 속삭여왔다. 처음엔 썩 내키지 않았으나 두 집 부부 네 명 정도면 별 잡음 없이 편하게 몸과 마음을 식히고 오리라 생각을 굳힌 바였다. 그는 두 팔로 크게 타원을 그리며 말했었다. "랍스터가 이만해요. 얼마나 싼지 몰라요. 내가 실컷 먹게 해줄게요. 바다낚시도 하고 스노클링도 하고. 참 재미나겠죠?"

그 흔하다는 랍스터는 구경도 못하고 주야장천 코코넛만 먹어 배가 부르긴 하다. 바다 한가운데서 손바닥만 한 물고기도 세 마리나 낚았다. 일정에 착오가 생긴 탓에 스노클링 계획도 반환하고 바다만 원 없이 바라봤다. 하지만 J의 친절하고 즉흥적인 무대 덕분에 세상의 불평등이 뭔지도 절실히 깨닫는 계기가 되었으니 그다지 의미 없는 여행은 아니리라.

여정의 마지막 날, 아침에 바닷가로 나와 다시 발을 적신다. 비단처럼 펼쳐진 바닷물은 금세라도 뛰어들고 싶을 정도로 투명하고, 멀리 보이는 풍경은 두 눈에 착색될 것처럼 새파랗게 빛난다. 두려움도 모르는 어린 물고기들의 한가하게 유영하고 있는 모습이 보인다. 물에서 방금 나온 아이가 백사장으로 다가와 산호 뼈들을 주워 내 손에 담아준다. 가져갈 수 없는 선물을 받아야 하니 그만 헛웃음이 난다.

희망은 무엇도 파괴할 수 없는 강력한 무기라더라. 수줍은 미소

●

로 젖을 먹이는 아기 엄마와 춤추는 치키티타들. 그 어린 것들에게 오염되지 않은 작은 물고기만큼의 자유와 희망은 있는 것일까. 습관적으로 손바닥을 내미는 아이들에게 어떤 미래가 환상적으로 다가올 것인가. 한 치의 의심도 없이 깨끗한 모래 위를 걸으며, 이곳은 여전히 낭만적이라 위안한다. 세상에 저처럼 작은 모래알은 얼마나 많은지. 어떻게 사는 것이 희망이고 무엇이 그들에게 무기가 될 수 있을까.

바꿔줄게. 그래, 바뀔 거야. 세월은 기약 없이 흐르고, 그들이나 우리나 세상을 바꿔야 한다며 목청을 돋운다. 인간과 화폐의 가치가 무엇을 말하는지 새삼 혼란스럽지도 않다. 현실을 인내하고 담담하게 바라보는 것은 어떤 의미이며, 어떻게 하는 게 고결한 행위인지 나도 참 모를 일이다. 내 꿈속은 구릿빛 소년과 죽은 산호 조각을 줍느라 내내 황홀하기만 할 뿐.

# 골목길, 그 행간을 더듬다

## 어떻게 찾아왔을까

신혼이던 1980년대 후반, 나는 종종 아기를 업고 사오 리 정도 떨어져 있는 재래시장에 장을 보러다녔다. 아파트개발 붐이 일기 전의 시장가는 길은 좁은 골목들로 산재했다. 새로 지은 양옥과 수십 년 묵은 슬레이트집이 동네마다 어우렁더우렁 뒤섞여있었다.

장보기가 끝나갈 즈음 두 돌 지난 딸애는 포대기 속에서 여지없이 잠이 들었다. 아이는 어미 등에서 꾸벅꾸벅 졸다가 축 늘어져버리곤 했다. 강보에 파묻혀 잠든 아기의 하중이 어미의 체중에 그대로 실려 허리 밑까지 줄줄 내려왔다. 양손에 짐보따리를 가득 든 채 나는 같은 길을 반복해 돌아와야 했다. 때론 언덕바지로 올라갔다가 때론 돌계단을 밟고 내려가기도 했다. 행여 아기를 묶은 끈이 풀릴까 몇 번이고 짐을 내리고 고쳐매기도 하였다. 그러다 오던 길을 잃고 골목을 헤매기 시작했다. 그 길이 그 길 같고 이 골목이 저 골목 같았다. 길눈 어두운 건 차치하더라도, 이사 온 지 얼마 안 된 새댁이 골목길을 찾기란 여간 까탈스러운 게 아니었다.

해가 지나고 아이가 네 살이 되었다. 걸음걸이에 힘이 붙은 아이는 더 이상 어미 등에서 잠들지 않았다. 우린 두 손 꼭 붙들고 구불거리는 시장 길을 오갔다. 시장엔 수많은 장사꾼들과 장을 보러온 사람들로 발 디딜 틈이 없었다. 어느 여름날 저녁거리를 사다가 뒤를 돌아본 순간 아이는 온데간데없이 사라져버렸다.

미친 듯 울부짖으며 아이를 찾아 시장통을 뛰어다녔다. 대형마트로, 반찬가게로, 방앗간으로 호떡집으로 수소문했지만 모두들 고개를 저을 뿐이었다. 골목길에 바짝 붙은 쪽방 문들을 두드리며 행적을 물었으나 어디로 사라졌는지 아무도 알지 못했다. 넋나간 여편네처럼 그렇게 한참을 찾아다니다가 셋집 주인 할머니에게 전화했다. 아이가 없어졌다고, 큰일났다고. 그러자 할머니는 집에 아이가 와 있다는 거였다. 나는 부리나케 집으로 달려갔다. 아이는 방구석에 고개를 숙인 채 토끼처럼 웅크리고 있었다.

"왜 그러고 있어?" 물으니 아이는 "엄마 두고 혼자 와서, 혼날까봐"라고 답했다. 아이를 끌어안으며 아무 일도 일어나지 않았음에 대해 세상의 모든 신들께 감사했다.

딸애는 과연 어떻게 집을 찾아왔을까. 간혹 제 어미조차도 잃어버리는 그 길을 네 살배기는 어떻게 알고 걸어왔을까. 시장에서 집으로 오는 골목의 단위를 그 애가 어찌 외울 수 있었을까. 혹여 아이는 한쪽 방향으로만 걸어온 것일까. 저만 아는 곧고 짧은 길, 지름길이 따로 있었을까. 작고도 촘촘했을 발걸음. 어쩜 딸애는 자기가 만든 기억의 지도를 따라 목적지에 다다르게 된 건 아닐까.

## 꿈의 골목에서

종종 아이로 환원하는 꿈을 꿉니다. 그림책으로 엮인 지붕과 담장을 끊임없이 넘나드는 꿈. 푸른 난쟁이 요정마을처럼 똑같은 인간들이 한데 어울려 춤추는 꿈. 그 높이가 얼마나 높던지 가늠조차 할 수 없을 뿐더러, 한 계단 한 계단 올라갈 때마다 지나온 풍경들이 사라지는 꿈. 집으로 가려 정류장에서 버스를 기다리고 한참 뒤 그 버스를 타면 또다시 제자리로 돌아오는 꿈. 절대로 놓치지 않으리라, 말 못하는 어린것들의 손을 부여잡고 도시를 뱅뱅 도는 꿈, 꿈, 꿈들.

우린 모두의 꿈이자 골목길입니다. 구부러진 길이자 행간行間입니다. 꿈의 골목엔 소실점消失點도 원근법도 없습니다. 다만 미로처럼 얽혀 있을 뿐이지요. 사람의 걸음걸음이 하나의 '행'이라면 그 길은 '간'이라 하겠습니다. 골목에 사는 이들은 행간을 이동하는 사람들입니다. 골목 모퉁이를 도는 발걸음은 행간을 읽으려는 각자의 움직임일 테지요. 큰 도로가 하나의 단락이라면 골목은 문장과 문장의 간격일 겁니다.

큰길 회전교차로에 나와 곧게 뻗은 길을 거리낌 없이 달리건만,

●

좁은 골목이나 샛길로 들어서면 스스로 경로를 이탈하고 초기화해 버립니다. 내가 살아왔던 동네, 옛 골목의 형상은 기억과 꿈속에서만 나타나는 걸까요. 닿을 수 없는 목적지, 만지기 힘든 공간. 볼 수 있으나 가까이 가면 갈수록 멀어지는 점, 점, 점들.

골목, 영원히 사라지지 않는 꿈길. 배꼽에서 떨어져나간 탯줄처럼 길들이 요동칩니다. 무한한 반복과 연속의 골목, 노쇠한 바닥이 꿈틀거릴 때마다 나는 내 안의 동심이 흐트러지지 않도록 무던히 안간힘을 썼습니다. 더러는 단락과 단락 사이 길목 언저리에서 초점을 잃고 방황하곤 했지요.

꿈이든 현실이든 난 그렇게 길을 못 찾고 헤맵니다. 곧거나 굽었거나 좁거나 넓거나 어디고 하나로 만나는 점은 실존할 터. 살아움직이는 삶 그 어느 곳에 마침표가 존재치 않는 부분이 있을까요. 꿈길에 소실점이 없다고 믿은 것은 내 아이를 잃었던 과거에 의한 판단오류이자 자기합리화였을 테지요. 내 삶의 교점은 골목길 돌아가는 모퉁이 어디쯤에 처박혀 있는지도 모릅니다.

밧줄처럼 꼬인 시간의 골목, 읽다가 잃고 또 읽다가 잃어버리는, 그 숨어 있는 행간을 더듬으며 종착점을 찾으려 오늘밤도 문 열고 들어가는 발자국이 있습니다. 막다른 길에 이르러 뒤돌아보면 길과 길이 만나는 곳, 비로소 골목의 끄트머리인 소점消點이 나타나기 시작합니다. 꿈에서라도 내 의지대로 모든 길과 풍경이 뭉쳤다 흩어지고 분열했다 정렬할 수만 있다면야 뭐, 아무럼 어때요.

# 청어 뼈에 갇히다

바람이 중년의 눈썹을 희롱하는 가을날이었다. 음식 주문을 받으러 식탁으로 다가선 순간 한 남성에게 마음을 뺏기고 말았다. 그는 연푸른 빛과 벽돌색이 어우러진 외투를 걸치고 있었는데 매우 신비로웠다. 잠시 그가 입은 옷에 대해 느끼고 싶었다. 화살표처럼 짜인 옷감이었는데 통념상 '헤링본herringbone'이라 불리는 남성복의 전형이었다.

헤링본 무늬는 착시를 불러일으켰다. 잘 짜인 원단의 형태가 올올이 서로 다른 이야기를 풀어낼 것만 같았다. 손님은 과연 옷감의 형태만큼이나 매혹적이었다. 식사를 하는 그의 손놀림은 적당히 차분했으며 말투는 낙낙하고 정감이 넘쳤다. 남성적이면서 무겁지 않은, 따스한 품격이 배어 있었다.

공복을 채워주는 밥숟가락만큼이나 정직하며, 한 종지의 간장처럼 어느 곳에도 융화가 잘 될 것 같은 얽음새. 그런 옷감으로 만들어진 옷을 내 남자에게도 둘러주고 싶은 충동이 일었다. 나도 모르게 "옷이 참 잘 어울리십니다"라는 찬사가 터져나왔다.

남편의 음식업 지부장 시절, 나는 그이에게 와이셔츠와 양복을 적잖이 사다주었다. 매번 남성의 지위가 돋보일 만한 의류매장을 찾아다니며 어떻게 하면 그가 비범하고 통솔력 있어 보일까, 어떻게 하면 그의 표정이 빛날까, 이런 생각에 여념이 없었다. 이후 남성복의 헤링본 패턴에 대해 과하게 몰두했다. 일종의 미적 쾌감이거나 강박이었다고나 할까.

사선을 이어붙인 듯 무한대로 뻗어나가는 헤링본 문양을 볼 때마다 물고기 마냥 심장이 파닥거렸다. 시작도 끝도 모를 빗살과 오늬의 연속. 자동차 바퀴가 쉴 새 없이 구르는 듯한, 한 여인의 존재감을 단번에 무력화하고야 마는 직조 방식. 그 독자적인 성질이야말로 제아무리 털털하고 수더분한 모양새라 해도 곱절은 매력적으로 만들어줄 것만 같았다.

계절이 바뀌자 나는 남편의 새 옷을 구입하러 다시 나갔다. 부지런히 발품을 팔아 헤링본 자수가 들어간 감청색 양복 한 벌을 겨우 골랐다. 남자를 가장 잘 설명할 수 있는 빛깔의 의상을 입는다면 이세상 누구보다도 멋들어진 모습이리라 여전히 확신하였다. 그러나 순전히 아내의 취향일 뿐인 톡톡한 질감의 원단은 그의 기대를 저버리고 말았다.

"미안한데… 나한텐 어울리지 않는 것 같아." 그이는 새로 들여온

163

의복에 눈길도 주지 않았다.

헤링본은 '청어靑魚의 뼈'를 뜻한다. 청어의 등은 검푸르고 배와 옆구리는 은빛으로 찰랑인다. 과메기라고 하는 말린 물고기에 매료된 적이 있다. 입안에서 감도는 식감이 바다의 비늘을 혓바닥에 펼쳐놓는 기분이었다. 그 담박함과 꾸덕함이 나의 뇌에 일정한 아드레날린을 도포하며, 헤링본을 수놓은 의상의 윤곽이 더욱 선명하게 그려지는 거였다. 절반은 삶이고 절반은 죽음인 것 같은 과메기의 기름은 생물학적인 내 잇몸에 오늬처럼 들러붙고 있었다. 스물여덟 개, 한 인간의 이빨이 죽은 물고기의 몸통을 사이에 두고 맹렬하게 직조되는 느낌. 말린 청어의 살에 화석처럼 박혀 있는 뼈 문양을 보며, 모든 생물은 죽음의 저변에서 자기만의 방식으로 부활하는 것은 아닐까 하는 생각. 기껏해야 "쩝쩝" 소리겠지만, 청어의 속살 앞에서 관행과 답습으로 굳어버린 언어의 체계가 새롭게 탄생하는 희열이라고나 할까.

근사한 양복과 반짝이는 배지로 치장한 정치인들의 모습에서 비틀어진 물고기 뼈를 연상한다. 지성과 품위는 사라지고 욕망의 외투 속에 자신을 숨기려 한다. 이런 감정은 여타 행사나 모임에서도 크게 다르지 않다. 직조된 풍경, 한통속처럼 보이는 얼굴, 진영에 휩쓸리는, 그러나 자신의 지위에 맞춰 분리되는 사람들의 움직임이 한 편의 콩트처럼 비친다. 방귀소리에 눈멀고 우월감에 도취한 인사들의 신사복 행진. 껍데기로 짜깁기한 그림자 무리가 앞자리의 의미를 무너뜨린다. 행사장마다 귀빈들의 피상적이고 구태의연한 인사말이 공사다망한 객석의 시간을 갉아먹고 있다.

나의 남자는 왜 헤링본을 좋아하지 않는 것일까. 제복 입고 완장을 찬 사람들. 신사의 품위로 온몸을 감싸고 그늘 밑을 활보하는 이들과 악수를 나누던, 짜릿한 그 세계에 염증이 난 걸까. 질퍽한 장터를 떠나 '자기의 바다'로 회귀하길 바랐던 것일까. 뭐가 답답했을까. 어울리지 않는 것이 아니라 입기 싫은 게 아니었을까. 끝도 쉼도 보이지 않을 그 문양에 갇히기 싫었던 것은 아닐까.

헤링본 재킷은 내 마음을 떠났다. 헤링본 속의 남성 또한 미련 없이 내 일터를 벗어났다. 청어 뼈와 정의라니, 그 열망조차 일종의 망상이었을까. 신사의 전용이던 헤링본 무늬는 남녀노소를 불문하고 보편화된 지 오래다. 현대의 화장품은 남성을 중성화하며, 거친 세상의 파도 속에서 여성 또한 남성적으로 변모한다. 헤링본이 지위를 돋보이게 한다는 생각은 쓸데없는 것이다. 옷감의 무늬라는 건 지극히 주관적이며 하나의 감각에 지나지 않는다. 차라리 헤링본은 서민적인 변방의 무늬에 가까운 듯하다. 패션에 계급이 따로 없으니 더는 크게 의미를 부여할 일도 아닐 게다.

이 가을, 전쟁이도 아니고 꽁치 고등어도 아닌 것이 나의 미감을 자극한다. 바야흐로 말린 청어의 계절이 다가온 듯하다. 중년의 머리처럼 곧 서리가 내리고 얼음이 얼 터이다. 귀한 청어 뼈를 만져본 기억이 없으니 건청어의 아릿함도 구하기 힘들 것이다. 대개의 물고기들이 짙은 바다색과 은색 비늘로 빛나는 걸 감안한다면 새치나 도루묵도 청어 못지않은 자태를 뽐낼 수 있으려니. 이제 푸른 생선 이야기는 그만 잊어야겠다.

물고기 비늘이라도 달라붙는 듯 등피가 간지럽다. 손등에 숨어 있던 정맥이 청어 몸통에 핀 어룽인 양 불거진다. 옷을 벗어던지고 팔뚝을 출렁여본다. 겨드랑이에서 아가미가 뻐끔거렸나? 손가락은 가슴지느러미가 되고 어깨 위로 물고기 한 마리 눈을 뜬다. 청어의 갈비뼈가 속살을 파고드는 듯하다. 가시에 찔린 양 욱신거리니, 나는 여전히 헤링본 무늬를 사랑하나보다. 그래, 원래 인간은 파란 물고기였을 거야. 스스로 위안도 해보는데, 방귀로 의사소통한다는 청어 무리들이 나를 보면 이렇게 말을 하려나.

이보게, 그대 방귀 소리는 청명하신가.

# 성장하는 집
— '한탄강 주상절리 물윗길'을 걷다

열심히 일한 우리, 떠날까? 그가 비장한 태도로 제안했다. 식당을 정리한 뒤 우리 부부는 그간 함께하지 못한 추억여행을 계획했다. 37년 만의 기나긴 소풍이라고나 할까.

2023년 3월 12일 오전. 철원으로 향하던 그날은 꽃샘추위와 더불어 겨울비가 내렸다. 밤엔 진눈깨비와 우박이 한차례 쓸고 지나갔다. 유네스코 세계지질공원으로 등재된 '한탄漢灘강 물윗길'을 걷기로 했다. 다음날 아침 일찍 순담매표소에서 표를 끊고 거리를 물었다. 완주하면 약 17㎞ 정도가 될 거라 했다. 나는 속으로 이제 죽었다, 괜히 왔구나 종알거렸다.

바람은 찼으나 햇빛이 곧게 비추니 금세 무덥고 땀이 났다. 두터운 털옷을 벗어 허리에 질끈 묶었다. 3킬로미터, 4킬로미터, 5킬로미터. 두 발로 걷는 건 더 이상 무리였다. 중간에 빠져나갈 길을 찾으려 두리번거렸다. 좌우를 둘러봐도 출구는 보이지 않았다. 방향

을 잃었던 걸까. 한탄강 물윗길이 나를 시험하는 것인가. 한탄恨歎
스러웠다. 길고 황량한, 날 것 그대로의 길. 바위와 자갈과 흙과 물
과 절벽으로 드리워진 길 위에서 난 폭폭 한숨을 내쉬었다.

거북 모양, 사람 모양, 나무 모양. 서로 다른 형태의 돌과 바위들.
주상절리가 펼쳐진 골짜기는 우릴 지켜보는 듯 점잖고 엄숙했다.
물가를 걷다보면 진흙길이고 흙길을 걷다보면 얼음길이었다. 크고
작은 돌무더기를 징검다리 삼아 오르락내리락했다. 잔잔하게 흐르
는 물, 세차게 달리는 물, 은빛으로 너울대다 여울져 흐르는 물결이
대자연의 혈액인 양 하였다. 마당처럼 넓고 평평한 바위들이 물을
괸 채 뻗어 있었다. 햇살을 받고 있는 바위는 주단을 깔아놓은 듯
매끄럽고 이부자리를 펼쳐놓은 듯 따스했다. 일가족 열 명쯤 넉넉
히 눕고도 남을 만한 괴석이었다.

빨리 와, 조금만 가면 돼. 채근하는 남편을 따라 걸으면서도 나는
꿍꿍댔다. 거의 다 왔다던 출구는 나오지 않고 또다시 길이 이어졌
다. 일정 구간마다 설치된 막사에는 각 한 명씩의 안내요원만이 기
척을 하고 있었다. 그간 식당 일을 하며 흘린 땀방울에 미치진 못하
더라도, 내 생전 이처럼 오래토록 '견딜 만하게' 내디딘 적이 있는가
싶었다.

열정과 정념이 불타오르던 사십대, 종횡무진 식당을 날아다니다
몇 번의 탈이 나고 병원에서 '척추 전방전위증'이란 진단을 받았다.
아이고, 늦었네요. 의사는 수술 시기를 놓쳤다고 엄포를 놓았다. 오

늘부로 무거운 건 금물, 쪼그려 앉아서도 안 된다고 했다. 내려앉은 척추에 금속나사를 두세 개 박아 견인해야 한다고 하였다. 아픔은 고독 같은 것. 허리와 다리를 톱질하듯 파고드는 통증 때문에 깊은 밤에도 잠에 들지 못했다. 쉬어. 좀 쉬자고! 살과 피, 힘줄과 뼈가 번갈아 속삭였다. 신경다발이 눌리면서 한쪽 발목까지 저림 증상이 전이되었다. 열 걸음 걷기가 버거웠다. 세상도 까맣고 디스크에 눌린 신경도 까맣게 변색했다. 오른쪽 다리의 통증을 완화하려 멀쩡한 왼쪽 허벅지를 볼펜 끝으로 꾹꾹 찔렀다. 손톱으로 꼬집고 때렸다. 진통제에 의지할 때마다 얼굴은 근육수축주사를 맞은 듯 탱탱해졌다.

나만 알고 있는 것, 눈에 보이지 않는 것을 이야기하기란 쉽지 않다. 거짓처럼 보이기도 하고 잔꾀를 부리는 것 같기도 하다. 누군가는 내 처지를 위로해주었으나 누군가는 "너만 아프냐? 나도 아프다"며 일축해버렸다. 의사는 심각한 수준이라며 안타까워했다. 정 내려놓을 수 없고 피할 수 없다면, 쉬는 시간마다 벽에 기대고 서서 단 1분이라도 엉덩이를 들었다내렸다 해보라고 일러주었다.

수술 없이 그렇게 또 십여 년이 흘렀다. 보이지 않는 통증과 어울려 사는 일에 이골이 난 걸까. '고석정'을 지나 '승일교'를 바라보며 몸에게 묻는다. 나는 아직 덜 아픈 건가. 한낱 엄살쟁이에 불과했는가. 내 몸은 여전히 물속에 잠겼는가. 수면에 떠오르기나 할 것인가. 내 집에 갇힌 건 아닐까. 행복한 고민인가, 어리석은 망념인가.

●

그러나 병원에 가는 일, 수술대에 눕는 것은 마냥 두렵기만 하구나. 몸이란 무엇이고 집이란 무엇인가. 지금 내 몸은 어떤 모양의 집인가. 저 물 밑에 내 집 한 채 제대로 눈뜨고 있기나 한 걸까. 하찮은 욕망에 포박당해 가라앉고 있는 건 아닐까.

물 아래 지어놓은, 한 생을 담은 몸은 허영허영 헌 집이 되어가는구나. 휘청이는 척추와 함께 늘어진 주름은 더욱 확연해진다. 지붕은 희어지고 서까래는 갈라지며 마루는 푸석거린다. 출렁이는 바닥, 불완전한 길, 자연 그대로의 통로. 몸은 나름의 골격을 짜넣고 살은 살대로 피는 피대로 뼈는 뼈대로 거죽은 거죽대로 오두막을 지어놓았다. 주인은 그 집의 기둥이 쓰러지지 않게 시시포스처럼 매일 단청을 조금씩 입혔을 뿐이다.

'은하수교'를 거쳐 '태봉대교'에 다다른다. 걷다보니 발에 감각이 무뎌진다. 진통제가 어디 있더라? 아니다. 붓기를 키우는 진통제는 끊은 지 오래다. 존재감 없던 새끼발가락마저 제 기능을 톡톡히 해낸다. 허리는 제 집의 아픔을 이해한 듯 만만해지고 손과 발은 서로를 지탱하듯 끌어당긴다. 몸이 움직이는 건지 길이 움직이는 것인지. 굿춤 추는 무당의 기분이 이러할까. 방 한 칸 못 가릴 거적때기 펄럭인다. 진통제가 따로 없다. 생의 고비를 넘어온 것 같다. 바위와 자갈을 디디며 느실느실 나아간다. 길과 몸이 들러붙는다. 나도 모르겠다. 주저앉진 않을 테다.

몸은 생각의 집이런가. 내 뼈가 숨 쉬고 내 피가 흐르니 내 집이다. 빗장도 없고 열쇠도 사라진 무한왕복 가능한 삶터. 내비치기 꺼려했던 너의 거처에도 굴곡과 여울이 속속들이 숨어 있으리라. 절뚝절뚝, 한탄강 물윗길을 걸으며 과연 그간의 내 길은 소박했는지 스스로 묻지 않을 수 없다. 상처로 낡고 상처로 기우며 질겨지는 몸. 그 초라함 몰래 어루만져 일으켜세우리. 몸이여, 신음하는 집이여. 우리 다시 떠날까, 떠나가 볼까?

# 제5장 시간 그리고 집착에 관하여

# 책불冊佛 앞에 서서

그곳을 올려다본다. 기름과 숯가루와 육즙이 표지를 감싸고 있다. 몇 조각 마늘과 양파와 고춧가루가 첨가된, 글 냄새가 아닌 야릇한 뭔가가 풍겨나온다. 끈적이는 문장. 표현할 수 없는 자책감에 콧날이 시큰해진다.

"여전히 쓰고 계신 거죠?"

"책은 언제, 또 안 내시나요?"

단골 몇 분 가운데 문학과 책 이야기를 건네는 이들이 있다. 그들은 잃어가는 나의 세계에 쓰고자 하는 동기와 가능성을 부여한다. 채근하는 독자가 생긴다는 건 매일 한 도막의 어절이라도 끼적이지 않으면 안 되는, 잿더미에서 불씨를 솎아내려는 강박과 같다. 나는 그들에게 계산대 뒤편 자그마한 책장에 꽂힌 책 몇 권을 선사하기도 한다. 식당 선반에 붙박여 있는 발표작들을 내심 부끄러우면서도 철면피하게 내놓는 것이다.

우리 가게를 찾아주는 손님들을 응당 감사하게 여기지만 더욱 고마운 건 내가 쓴 글을 읽어주는 독자와 함께한다는 데 있다. 더욱이 과분한 것은 미숙한 문장들을 읽고 찾아와 기꺼이 식사 비용까지 지불하는 이들이 존재한다는 사실이다.

애초에 나는 카운터 선반에 무엇을 올려놓을 것인가에 대해 제법 사업가적인 생각을 내비친 적이 있다. 가령 남편이 경작해온 특수작물이라든지, 요리 비책이 담긴 식품들을 진열하여 꽤나 짭짜름한 부수입을 올릴 수 있겠다는 발상이었다. 그러나 생각만 했을 뿐 우린 단 한번도 가공된 먹거리를 포장해놓거나 팔아먹지 못했다. 대신 여러 문예지들을 아름드리 쟁여놓기로 한 것이다. 선반은 그로 인해 책들의 성지로 변모해갔다. 나는 손님들에게 내 글이 담긴 책을 서비스했고 남편은 자신이 지은 농산물을 나누었다.

선반에 안착한 책들은 진정 거룩하였다. 저마다의 철학을 기록한 문장들이 나를 내려다보고 있어 편안하고 행복했다. 그것을 바라보는 손님도 아름다웠으며 그것을 얘기하는 손님은 더욱 고귀해보였다. 식욕이 품격을 충동질하는 느낌이랄까. 이를테면 '참을 수 없는 존재의 우아함' 같은.

식당 여주인은 책 한 권을 식탁 위로 내려놓으며 지은이에 밑줄 긋고 제목에 별표한 뒤 귀퉁이를 살짝 접어 선물했다. 간혹 글이 감동적이라는 이도 있고 재미있다는 이도 있으며 변함없어 좋다는 이도 있었다. 숟가락을 내리고 잠자리에 들 때면 변함없어 좋다는 말이 무슨 뜻인지 생각했다. 여전히 일하고 여전히 쓰며 여전히 서빙을 잘한다는 말인지, 혹 "그대는 아직도 젊다"라는 의미인지.

그로 인해 '나는 살아 있다'는 용기를 얻을 수 있었으니 손님은 왕이 아닌 인문학적 동반자나 진배없다. 슬픈 건 그들의 인기척이 없을 때, 책장의 책들마저 세월의 더께가 앉아 식어빠진 고깃덩어리처럼 바싹바싹 말라 윤기를 잃어가는 현실이다.

"불 들어갑니다."

무지렁이 중생은 어제도 오늘도 똑같은 구호를 외쳤다. 난 이 말이 그토록 외경畏敬한 뜻인지 미처 몰랐다. 법정 스님 다비식茶毘式 때 대나무 홰에 불을 켠 불자들이 "스님, 불 들어갑니다"라고 말하는 걸 보고 나서야 뜨끔하였다. 풀무질로 숯불을 붙여 양철통에 담아 불구멍에 넣기 전, 습관처럼 "손님, 불 들어갑니다"라고 수천 번도 넘게 외쳤으니 그 업보를 씻을 도리가 없다. 화염에 스러져간 산야의 저 나무들이야말로 "차라리 내 껍질을 벗기어 이 순간을 기록해다오!"라고 울부짖으며 인간의 과오를 탓했던 건 아닌지.

불 들어와 앉는다. 책 냄새, 고기 냄새 무르익는다. 환풍기의 기름때와 함께, 밥상의 나뭇결과 함께, 톱밥 냄새와 함께. 익는다. 주방을 등진 위대한 책, 밥상의 상처를 포용하는 책. 계산대 뒷자리에 서서 주인의 하루를 인내하며 숨통을 닫고 자기를 익힌다. 낱장마다 기름에 찌들어 절박한 냄새로 곰삭는 책들. 어떤 쪽은 뭉개지고 어떤 면은 휘어진다. 어떤 책은 햇살에 빛바래고 어떤 책은 무심함에 얼룩진다. 나는 그것을 책의 형상을 띤 부처, '책불冊佛'이라 하련다.

　고깃집 그 여자의 볼품없는 책장엔 기름옷 잘 입은, 스스로 구워지고 고뇌하는, 그러나 다비는 영원히 하지 않을 책불들이 있다. 초벌되어 나온 뒤 식당으로 들어와 또 한번 몸부림하는, 환금성 없는 삶의 미세한 가치들. 불판 위의 고기와 함께, 객들의 주린 배와 함께 글판이 번진다. 그것은 지글지글 끓다가, 뜨겁게 그을리다가, 굳세게 버티다가 새로운 신도에게로 떠나갈 터이다.

　속장을 낱낱이 받치고 있는 등뼈는 책불의 심지. 넌 할 수 있어! 난 할 수 있다며, 죽을힘 다해 꼿꼿이 서 있는 책들은 무너진 내 척추의 재활을 신뢰한다고 말하고 있다. 그것이 관념의 정수리에 놓인 빈 그릇일지언정, 혹여 '헛배에 게트림'이거나 공염불일지라도 이런저런 고민조차 하지 않는다면 쇠약해지는 하루를 견뎌내기 어려울 것이다.

　책불 앞에 빌어본다. "불 들어갑니다"라는 말 대신 "책 들어갑니다"라는 구호가 이 삶을 대체하는 문장이 되길. 오늘도 내일도, 익어가는 시간마다 책 들어오기를.

# 냉면의 마음

냉면바람이 분다. 여기 가도 냉면, 저기 가도 냉면. 오뉴월 삼복 더위, 냉면 손님이 면발처럼 줄을 잇는다. 웬만큼 알려진 식당 차림표엔 어김없이 냉면이란 두 글자가 떡하니 자리잡는다. 칠월 초부터 팔월 중순이야말로 냉면의 절정기라 할 수 있다. 가장 뜨겁고 또한 차가워서 일사불란하게 만들어내야 하는 음식이 바로 냉면이다. 전통적이면서 역동적이고, 쓸쓸하면서도 끈끈하며 인간미 넘치는. 계절 없이 즐기는 음식이긴 하나, 그래도 여름 한물장사이니 맛있고 푸지게, 아울러 너무 비싸지 않게만 판매한다면 주인장은 어지간히 수지타산이 맞을 터이다.

스물다섯 살, 우동집 주방장이던 그이가 서른 초반에 함흥냉면을 배운 건 일생일대 최고로 잘한 일이었다. 고구마 전분을 맨손으로 익반죽하는 남편의 손은 하루도 성할 날이 없었다. 주방장에게 말을 걸지 말아야 할 때가 두 번 있는데, 갈빗대를 골절기에 대고 자를 때와 냉면 반죽할 때였다. 고도의 집중력을 요하는 시간이 되면 그인 "말 시키지 마!" 하고 단호하게 명했다.

단단해진 반죽덩어리는 냉면 가마(제면기)로 향한다. 냉면분창(노즐)의 미세한 구멍들은 면발의 미美와 풍미風味를 좌우한다. 냉면을 뽑는 사람들은 부지런하다. 분창에 반죽가루가 남아 있으면 면을 내리기 어려워 수시로 닦아야 한다. 압력을 못 견딘 분창이 마른 논바닥처럼 갈라 터져버리기 때문이다. 청소할 땐 물에 담그고 불려 들러붙은 녹말을 제거한다. 면이 빗물처럼 쏟아지는 분창의 구멍은 가장 작은 0.9, 1.0, 1.1밀리미터짜리를 쓴다. 반죽을 끼워 누르는 홈이 늘어나면 분창도 헐거워진다. 기계를 재정비해야 한다.

고깃집을 하며 공짜 후식냉면을 고집했던 남편 덕에 응원과 원성을 아낌없이 들었다. 분창이 깨져 난리가 나던 날, 삼십 분을 기다려도 후식냉면이 나오지 않는다며 삼십 분 넘게 설교를 하고 가신 손님이 있었다. 난 '그 영겁'의 시간 동안 "죄송합니다, 정말 죄송합니다"는 소리를 열 번도 넘게 하였다. 공짜 냉면의 비애라고나 할까. 그니의 엄마뻘 된다는 슬픔조차도 나는 정말 죄송하였다.

뭔 놈의 냉면이 이리도 질기냐 하던 손님, 절인 오이 고명이 시들었다며 생오이채로 바꿔달라던 이도 있었다. 비좁은 상에 반찬 한 벌 더 가져오라던 사무원 한 분은 "드시고 모자라면 더 갖다드릴게요"라는 대답이 언짢았는지, 다짜고짜 『우동 한 그릇』이란 책 읽어보기나 했냐며 한번 읽어보고 '마인드'를 재정비하라 일렀다. 그는 나를 노랑이나 악덕지주 정도로 여긴 건 아니었을까. 남편을 바라보며 '오, 나의 존경해 마지않는 지난 날의 우동집 주방장이여!' 하고 탄식했다.

너무나 천진스러워 뭐든 다 해주고픈 손님들도 많았다. 심신心身이 '애로우니' 뜨거운 국물에 면을 말아주면 안 될까 하시던 아기할머니, 치아가 부실하다며 푹 삶은 냉면을 부탁하던 구순의 할아버지도 계셨다. 인정사정없이 가위로 잘라달라던 중년신사에게는 이렇게 화답했다.

"북한 그 어디 유명 식당에 가면 접대하는 여성동무들이 뭐라 하게요? 선상님, 우리 냉면은 절대 가위질하면 안 되는 기라요. 고로 면 명 짧아집네다. 이백 살까지 사실라면 고저 일어나서 쭈욱 잡아댕겨 드시라요."

이제 와 아픈 손가락을 헤아린들 무엇하겠는가마는, 돌아보면 그분들의 한마디 한마디가 내 글의 씨앗이 되어주었다. 식당을 하는 동안 나는 삶은 돼지 등골처럼 숱하게도 손님들을 뽑아먹었다. 부모도, 친구도, 형제도 뽑아먹었다. 두 무릎을 앙가슴에 끌어안듯 목구멍으로 질긴 면발을 욱여넣었다. 허전하니 들이켜고 답답하니 집어삼켰다. 직원들은 빨리 먹고 오래 쉴 수 있었다. 먹어도 먹어도 질리지 않는 음식. 만만하고 오래된 벗, 냉면이었다.

뜨겁다가 차가워지는 면의 속성처럼 우린 한없이 부드러웠다가 어느새 타인처럼 돌변하기도 했다. 애주가이자 애면愛麵가이기도 한 남편은 새벽 두어 시경에나 들어와 "국수 좀 삶아줘" 하고 보채는 게 다반사였다. "이 시간에 면이 어디 있다고!" 나는 문설주 새로 빠끔 내다보며 그가 어서 잠들기만을 기다렸다. 그러면 그인 드렁드렁 코를 고는 척하다가 "힝, 내가 잘 줄 알고! 없으면 반죽해서 밀면 되지. 꼭 먹고 잘 테야" 하곤 광대처럼 웃는 것이다.

짓눌러 짜는 음식은 인간의 통각痛覺을 파고드는가. 간혹 냉면을 먹는 이의 뒷모습을 무심히 바라보면 후루룩 소리가 훌쩍훌쩍 우는 소리처럼 들릴 때가 있다. 나도 모르게 "울지 마세요" 하고 어깨를 다독이는 상상을 한다. 그러면 그가 "너무 맛있어서요"라고 답할지도 모른다. 그 추억들이 몽유병처럼 웅어리져 면발 속에 돌아다니고 있는 듯하다.

지금은 냉면 전성시대. 노포 냉면집들의 실록과 야사가 면발마다 낱낱이 새겨져 있다. 수백 가닥으로 쏟아지는 애환들이 역경을 딛고 달려가는 느낌이랄까. 함흥이면 함흥이요 평양이면 평양이지, 냉면 한 그릇에 뭔 잡다한 고명이 이리도 많으냐 묻는다면 할 말은 없다. 내가 먹는 냉면 한 그릇이야말로 애증의 쉼터, 문학의 움이라 한다면 오만한 것일까. 끝이 없을 이야기. '문학은 무릇 냉면 같은 것이어야 하지 않을까?'라는 신념이 콧등을 탁 후려친다.

분주한 이 한 그릇 속의 이야기만큼이나 여름은 몹시도 길었다. 냉면은 사람 사이를 뜨겁게 이어주기도 했지만 때론 매몰차게 끊어 놓기도 했다. 분창 속의 반죽덩어리처럼 뭉쳤다 흩어져 기약 없이 떠나는 사람들. 땀방울이 송골송골 맺힌 그릇을 받아 탁자에 놓고 내려다보노라면, 옴팍하게 똬리 튼 면발 위로 수많은 인물들이 고명처럼 앉아서 미소 짓는다.

이토록 타인의 노고와 허물을 되새김하며 쾌락에 젖는 음식이라니. 냉면의 마음도 내 맘 같을까. 남의 돈 먹기 쉽지 않고 맛있는 냉면 먹기 쉽지 않더라. 세상에 공짜는 없었으나 아낌없는 그이의 나눔은 성공하였다. 냉면 덕에 '나는 더욱 단단해졌다'고 위안삼는다. 언젠가 또 다시 손님을 맞게 된다면, 기쁨이 슬픔에게 속삭이듯 '따뜻한' 냉면을 삶아낼 수 있을지는 아무래도 자신이 없다.

# 다시는 홍어회를 먹지 않으리

　초저녁 갈바람이 두 뺨을 어르고 지나간다. 흰 이슬 내려앉고 석양이 물들면 가슴 아리도록 생각나는 음식이 있다. 하여 그인 느닷없이 막걸리에 홍어가 먹고 싶단다.

　"쎄빠지게 일했으니 쎄가 빠지도록 한잔 해야지."

　남편을 따라 골목에 자리한 작은 술집으로 들어갔다. 그때 그 시절 1970년대의 대폿집을 연상케 했다. 홍어회, 홍어전, 홍어애탕, 홍어삼합 네 가지 요리가 차림표에 간소하게 적혀 있었다. 주인아주머니의 상기된 낯빛과 웃음 잃은 주름살에서 삶의 고단함이 배어나왔다. 홍어회와 홍어전을 시켰다. 퀴퀴한 암모니아 냄새가 식탁 주변을 감돌았다. 삭힌 홍어에 열을 가하니 그 알싸함이 배가되어 뇌의 흥분을 증폭시켰다.

　이전에 아버지는 막내가 가져온 남도 홍어를 맛나게 먹었다며, 정신없이 먹고 나니 입천장이 홀라당 까져 있더라고 하였다. 큰일

날 뻔하지 않았느냐 물었더니 "갸가 거시기를 말여. 석 달 열흘을 삭혔다는디 말여. 그게 진짜인 거라. 눈물 흘려가며 먹는 게 최고인 거라" 하셨다. 아버지의 청춘과 우울을 북돋아주던 홍어회. 뇌혈관에 좋다 하니 당신이 여전히 총기를 유지하는 비법은 아마도 남 몰래 드시는 진짜배기 홍어 덕은 아닐지.

일찍이 홍어회에 둘째가라면 서러울 정도로 부친의 유전자를 타고난 탓일까. 아쉽게도 홍탁집 음식은 맛과 향의 정도가 옛 정취를 이끌어내진 못했다. 대중적 입맛에 맞추다보니 단기간 부드럽게 삭히기도 하거니와 값비싼 국내산보다는 수입품이기에 그런가도 싶었다. 가자미식해에 길든 강원도 산골남자가 혀를 툴툴 차며 연신 힘들어했다. 나는 "이것은 홍어도 뭐도 아녀. 난이도가 중하 정도 되겠구먼. 덜 삭혔어" 하고 이죽거렸다.

'흑산 홍어썰기학교'라는 기관이 있어 자격증과 숙련자를 배출한다는 특이한 소식을 접했다. 주문량도 많고 인력도 모자라 각광받고 있는 직종이라 한다. 낯선 섬마을. 타향도 마다하지 않고 달려가는 외지인들. 홍어를 해체하고 부위별로 썰어 가지런히 담는 모습을 보니, 삶의 모든 것이 애환이라면 애환이요 예술이라면 예술이지 싶었다.

홍어 몸통을 분리할 때 가장 먼저 끊어내는 것이 홍어 내장이다. 작업자는 납작하게 누운 홍어 배에서 한 뭉텅이의 간을 발라낸다. 언감히 미식가 근처에도 못 가는 나로서 딱 한번, 날것 그대로인 홍어 내장의 유혹에 빠진 적이 있다.

2000년대 중반, 식당이 자리를 잡자 우리 가게에도 손이 많이 필요해졌다. 수없이 다녀간 주방장들 가운데 꽤 오랫동안 가게를 지켜준 젊은이가 있었다. 어느 이른 저녁, 그는 어머니가 무척 좋아한다며 재래시장 생선가게에서 그 물건을 사온 것이다. 한 줌도 안 되는 그것은 희끄무레한 연분홍빛에 물컹하고 미끄덩거려 썩 애착이 가지 않는 음식이었다. 그는 "사모님, 이게 홍어애라는 건데 드셔보셨어요? 싱싱하지 않으면 생으로 먹을 수 없어서요. 비싸기도 하고…. 구하기 참 어려웠거든요. 한 점 하실래요?" 하는 것이다. 나는 좀 머뭇거리다가 그래, 딱 한 입만 맛보자 하고 소금을 찍어 혓바닥 위에 올려놓았다.

"천국이 여기 있었군." 그렇게 중얼거렸던가. 그러자 그가 한 점 또 한 점 계속 썰어내더니 "어머니는 나중에 사드리죠 뭐" 하는 것이다. 나는 염치없기도 했지만 자꾸만 손이 가는 걸 어찌할 수 없었다. 눈을 감으면 서양식 버터나 치즈 같기도 하고 연두부와 생크림을 섞어놓은 듯도 한 것이 입안에서 형체도 없이 사르르 녹는 게 일품이었다. 음악으로 치자면 엘비스 프레슬리의 감미로운 목소리 같았다고나 할까.

어머니 애간장을 태우고 살았다며 울먹이던 주방장. 모친의 가장 좋아하는 음식을 애먼 여자가 가로채고야 말았으니. 불효자였다가 효자였다가 다시 불효자가 돼버린 남자는 그렇게 제 어머니의 미식

美食을 내게 맛보게 해준 거였다. 순박한 아들의 애끓는 심정과 생간 몇 점이 먼 기억처럼 맛봉오리 속으로 스며들었다. 손발, 마음마저 아끼지 않았던 젊은 주방장. 삼 남매 아버지인 노 실장은 두 해를 근속한 뒤 타지에서 식당을 내고 터를 다졌다.

시나브로 흥분을 증폭시켰다가 가라앉히는 비련의 감각이 솟아나기라도 한 걸까. 몇 해가 지나자 남편은 어렵다던 홍어회에 재도전하였다. 동네를 돌고 골목을 돌아 옛 홍탁집으로 찾아갔다. 그러나 하나뿐이던 전문점 간판은 보이지 않고 그 자리엔 실비집이 들어와 생기 있게 돌아가고 있었다.

해가 바뀌어도 저물녘 바람은 매양 쓰리게 불어오는가. 세월은 묻지도 않고 흐른다. 누구에게 따질 겨를도 없이 식당 일을 하는 사이 이십여 년의 시간이 순간 삭제됐다. 홍어회 몇 점만 있으면 말술을 먹겠다던 청춘의 아버지는 이제 술 한잔 하지 못하는 노인이 되었다. 그럼에도 삭힌 홍어 냄새를 견디며 "천국도 지옥도 따로 없다"를 연거푸 노래하신다.

일부일처주의에 애처가, 순정마저 고수하는 수치(홍어 수컷)의 누명을 뉘라서 벗겨줄 수 있으랴. 사랑하다 죽어버리고야 마는, 끊어내려야 끊어낼 수 없는 암수의 불운이라니! 홍어를 음탕함에 비유하는 것이야말로 호사가들의 비열한 농간은 아닐지. 지옥의 악취에 천상의 희열을 느끼게 해주는 물고기. 한 점 입에 넣을 때면 입천장 벗어지도록 진짜배기를 노래하던 내 아버지와, 중간에서 가로

●

챈 노 실장 어머니의 애간장이 의식 속에 공존한다. 그것은 애틋함도 연민도 아닌, 속까지 다 내어주고 가버린 홍어의 지극한 마음일 터이다.

차가운 달밤의 정취를 꼽는다면 구슬프듯 달콤한 홍어애의 향미라 말할 수 있지 않을까. 아니라면 쓸쓸히 자취를 감춘 홍탁집의 이취異臭일지도 모르겠다. 새인 양 나비인 양 물속의 바람 가르며 심해를 유영하는, 몸의 대부분이 날개인 물고기. 온갖 비방과 모략, 거짓과 배반의 사회 속에서도 인간의 애경사에 일편단심 빠지는 법 없으니, 삭힌 그 냄새가 슬픔인지 환희인지 미움인지 애정인지 아직도 헷갈리기만 하다. 서쪽 바람이 코끝을 스칠 때면 눈물나도록 쓰라렸던 너의 그 맛이 못내 그립다고나 할까.

# 잔짐의 굴레

　헌 집을 버리고 이사를 한다. 묵은 짐을 꺼내고 폐기물 딱지를 붙인다. 낡은 것은 던지고 쓸 만한 것은 나눈다. 유리장 속, 박제가 된 장식들을 폐기하고 운동기구는 기부한다. 언제 샀는지 모를 옷가지들은 아름다운 주인을 만나 숨통이 트일 것이다.

　무겁고 큰 것들을 내놓기 무섭게 처리반이 와서 가차 없이 깨부순다. 조각조각 나누고 쪼개야 부피와 위험을 줄일 수 있을 터이다. 기억에 묻힌 가구들이 차량에 실려 떠난다. 한 시절 옛 집과 함께했으니 미련 없다는 말은 거짓이다. 야속하여라. 마음을 두지 않으려하나 자꾸만 눈길이 간다.

　덜레덜레 걸어와 낯선 방에 주저앉는다. 짐을 풀고 몸을 눕힌다. 지상을 달리는 철도는 시시각각 덜컹거린다. 사람들은 새벽녘까지 술에 취해 귀가할 줄 모른다. 중국어, 베트남어, 우리 말이 혼합되어 불면을 재촉한다. 불을 끄면 상가의 네온이 스포트라이트처럼 부부의 침실을 비집고 들어온다.

　창밖을 내다보니 빼곡히 들어선 아파트 단지와 교회 십자가, 여관들이 보인다. 이곳엔 숙박업소가 수두룩하다. 옆을 둘러봐도 뒤를 돌아봐도 과연 모텔 천지다. 하룻밤 묵어가는 일이 상시 머무는 것보다 우선하는 시대인가. 떠나는 이들이 많아서일까. 쉬어갈 방이 널렸으니 내 집 또한 필요치 않을 성싶기도 하다.

　잔짐, 그것은 한 여자를 집착과 소유의 굴레에서 자유를 억압해 왔다. 서둘러 남은 것들을 재정비했다. 버리고 버려도 끝없는 절연 絶緣의 연속이었다. "세상에!" "이렇게나!" "어이쿠!" 이삿짐센터 인부들이 혀를 내두르며 수군거렸다. 오래된 먼지와 냄새가 날짜 지난 식료품처럼 이삿짐에 고루 배어 있었다. 서른 해 넘는 살림살이와 단 한번도 작별하지 못한 채 그것들을 머리에 이고 살아온 것이다.

　인생 육십 즈음에 내 살림은 얼마나 단출해질 수 있을까. 몸뚱이 절반만 한 여행가방 하나 만들 수 있으려나. 가방 안은 어떤 것으로 채워야 할까. 생기 돌을 분첩 하나와 목도리 두어 장, 좋은 책 몇 권이면 어떠랴. 이 또한 격에 맞지 않는 과분지망過分之望이려나.


　　좋던 날도 아주 없지는 않았다만

　　네 노고의 헐한 삯마저 치를 길 아득하다

　　차라리 이대로 너를 재워둔 채

●

190

가만히 떠날까도 싶어 묻는다

어떤가 몸이여

— 김사인 시 「노숙」 부분


좋은 책 몇 권에 해탈한 시인의 시집도 끼어 있으리라. 저런 시도 읽게 되리라. 헌 옷을 버리는 일도 새 옷에 기대는 것도 노숙의 한 가지였음을 상기하게 되리라. 껍질을 벗어내는 일이야말로 홀가분한 고통이란 걸 알게 되리라. 짐을 내린다는 것은 생각을 풀어놓는 일이려니, 마음조차 짐이었음을 이해하게 되리라. 내 번뇌도 홀연히 사라지리라.

몸은 무겁고 영혼은 예사로워라. 이 삶은 욕심 많고 계단은 복잡하구나. 방은 넘치나 영원히 쉴 곳은 없어라. 혹여 나는 변치 않을 무언가로부터 사랑받고 싶었던 것은 아닐까. 나를 지켜줄 만한 물질, 내가 없으면 존재하지도 않을 환상으로 채우고자 함은 아니었을까. 텅 빈 그릇에 과욕을 쑤셔넣는 일. 비천한 노고를 보상받기 위함이었을까.

이러한 상념도 잠시, 하나둘 물건들이 낯선 공간을 비집으며 들어오고 있다. 그것들은 저마다 제자리를 찾아 눌러앉는다. 이 집 또한 내 것이 아니니 몇 해 머물면 그만일 텐데, 나는 아직 욕망의 고삐에서 벗어나지 못하고 있다. 털어내길 두려워하는 이 몸은 내일도 모레도 잔짐 몇 끌어안고 도시를 서성이리.

●

# 포도당 굽는 시간

함박눈 내리던 겨울밤. 아버지는 세밑 선물로 빨간 플라스틱 우체통을 하나씩 사주었다. 손아귀에 들어오는 작고 예쁜 저금통이었지만 남매에겐 저금할 돈이 없었다. 나는 "체! 용돈도 안 주면서" 하고는 입술을 내밀었다. 아버지는 십 원짜리 몇 개를 손에 쥐어주며 멋쩍어했다.

저금통에 용돈을 모으는 것은 그다지 의미가 없었다. 우린 동전 투입구를 도루코 칼날로 째서 동전 한두 개씩 꺼내다가 군것질을 하였다. 오빠는 제법 능숙하게 제 우체통을 조작했지만 결국 투입구가 벌어져 저금통으로서의 가치를 상실하고 말았다. 크리스마스가 지나면 겨우내 모아두었던 동전 몇 푼은 설날 아침과 함께 사라져버렸다.

나는 오빠 꽁무니에 붙어 놀이터와 점방으로 따라다녔다. 반나절은 동네 꼬마들과 편갈라놀이를 하고 반나절은 학교 앞 점방에서

●

192

포도당을 녹였다. 돈을 낸 아이들은 포도당 한 덩어리씩 받아쥐고
는 함지에 담긴 국자와 나무꼬챙이를 집어들고 연탄화덕 앞으로 집
합하였다. 포도당 결정은 밤새 내린 숫눈을 꽁꽁 뭉쳐 잘라놓은 것
처럼 새하얗고 네모났다.

물코를 홀쩍이는 아이, 콧물이 눌어붙은 아이, 버짐 핀 아이, 군밤
모자 쓴 아이, 귀마개를 한 아이, 머리에 까치집을 지은 아이들이 화
덕의 가운데 자리를 차지하려 쟁탈전을 벌이다가 사이좋게 불꽃을
나눠가졌다. 가문 논바닥처럼 툭툭 터지고 갈라져 피딱지가 앉은
손도, 콧물을 하도 닦아 쩟쩟해진 소매 끝자락의 손도, 앙고라 털장
갑에 숨은 손도 뜨거운 구공탄 위에서 어깨와 머리와 국자를 맞대
고 나무막대를 휘젓고 있었다.

동그란 연탄불이 작은 곡선들로 균형을 이루고 포도당이 국자 가
장자리로 흘러넘치면 포르르 단내가 피어올랐다. 차라리 굽는다고
나 할까. 딱딱한 바람과, 어린것들의 입김과 양은국자 속에서, 연탄
이 뿜어내는 온기와 함께 하얀 겨울이 맨들맨들 녹아내렸다. 꼬챙
이를 머리 위로 잡아올리면 뽀얀 액당이 엿가락처럼 길게 늘어났
다. 아이들은 누가 더 잘 늘이나 내기를 하듯 꼬챙이에 엿을 말아
한껏 치켜들었다.

한 아이가 뒤에서 구경하던 친구에게 녹인 포도당을 한입 나눠주
었다. 단물이 돌돌 말린 한 젓가락의 달콤함을 그 친구는 못내 잊을
수 없었으리라. 동전 몇 닢의 기쁨. 겨우내 그들의 군입정은 한결같

•

았고 그것이야말로 진정한 공존의 세계 같았다. 급속히 식어버리는 한 조각의 당분을 쟁취하러 오빠와 나는 빨간 저금통 바닥을 긁어냈다.

건조한 계절마다 손톱 밑에 까만 흙이 착색되고 거스러미가 일어났다. 오빠와 나는 데코레이션 케이크 같은 건 맛볼 수 없어도 손바닥만 한 풀빵 정도는 먹을 수 있었다. 문방구 앞에서 따끈한 풀빵을 사먹으며 우리의 공복空腹은 내내 순진하였다.

나는 오빠를 따라다니며 말뚝박기나 비석치기, 딱지나 삼치기 같은 과격한 놀이들을 했다. 편이 모자랄 때 세 살 터울 삐죽이 여동생이라도 든든한 아군이 될 터였다. 가장 재미있는 놀이는 자치기였다. 난 꽤 멀리 작은 막대를 쳐서 날려보냈다.

딱, 따악! 오빠는 환호했으며 큰 자를 잴 때마다 우리가 걸어온 길은 아득해져갔다. 눈이 쌓인 응달과 촉초근한 양지의 경계에서 우린 땅의 기운을 관찰하였다. 흙을 밟으며 어린것들은 대지의 단단함과 부드러움을 익힐 수 있었다. 작은 막대가 음지로 넘어가 한기를 느낄 때까지 자치기는 계속되었다.

못난이 여동생이 따라올까봐 한번은 오빠가 나를 따돌리고 줄행랑친 적이 있다. 그때 오빠는 집에서 한참 먼 동네의 초등학교로 들어갔는데 기필코 뒤를 밟아 찾아내고야 말았다. 학교 건물을 감싼 교정은 한없이 넓고 길었다. 담장 끝에 있는 놀이터에 겨울 햇살이 내려앉아 고드름꽃 핀 쇠붙이를 녹이고 있었다. 나는 그가 놀이에 끼워줄 때까지 내내 철봉을 끼고 돌길 반복하였다. 오빠는 참 지긋하고 성가신 계집애라 생각했을 것이다.

겨울에도 해질녘까지 우리가 놀이를 할 수 있었던 것은 오로지 흙 덕분이었다. 흙은 아이들의 놀이터이자 쉼터였다. 학교가 파하면 마른 씨앗처럼 튀어나오는 아이들. 우리가 모이는 곳, 나의 어린 시절엔 늘 흙이 살아서 꿈틀거렸다.

흙이 사라지면서 유년의 놀이도 벗들도 기억 속에서 희미해져 갔다. 검정 고무신에 모래를 넣고 반으로 접어 뱃고동 불던 놀이도 어렴풋해졌다. 모래와 흙은 콘크리트에 묻혀버렸다. 흙을 메운 땅들을 사람들은 '혁신'이라 불렀다. 흙의 포실함은 없어지고 사나운 바닥만 남았다. 흙먼지에 뒹구는 아이들을 찾아보기 어렵다. 엄마는 제 자식이 일등 항해사가 되길 원하며, 그 애들이 뛰다가 넘어지고 부딪히는 것에 분개하고 속상해한다. 아이들은 부모와 사회의 거대한 인식에 갇히어 길들어간다.

보도블록을 걷다가 놀이터 옆을 지난다. 새 시대에 맞추어 웅장하게 설계된 미끄럼틀이 동네 꼬마들을 기다리며 서 있다. 시소와 그네엔 바람 소리만이 앉았다 지나간다. 흙에 올라 두 발로 다독여본다. 서리 내린 땅. 채 열리지 않은 기억의 포문인 양 옹차게 뭉쳐 있다.

잠시 햇살에 앉아 졸고 있으려니 아이들 노는 소리가 시끄럽다.

●

자치기 하는 아이들, 말뚝박기 하는 아이들, 술래잡기 하는 아이들. 모래밭에 앉아 두꺼비집 짓는 아이들. 저만치서 친구들이 오라고 손짓한다. 꼬맹이들이 뛰어온다. 내 키가 작아지더니 까만 머리칼이 올라온다. 몸에는 오빠에게서 물려받은 갈색 체크무늬 외투가 덮여 있다. 나는 수선된 남자 옷이 싫어 훌떡 벗어 철봉에 걸쳐놓는다. 춥든 말든 절대로 그 옷을 입고 집으로 돌아가진 않을 테다. 난 "썩어 문드러질 놈의 가시내!" 소리를 한두 번 들으면 되겠지만, 오빠는 동생 옷을 챙기지 않았다고 엄마에게 무지 혼날 것이다. 며칠이 지나면 빨간 새 외투를 받을 수 있으리라.

겨울에 부대낀다. 된바람이 몰아칠수록 허기지는 건 예나 지금이나 매한가지다. 추우니 배고프고 배고프니 쓸쓸하다. 추억이 격동하는 계절. 겨울은 남루했던 지난 날의 이야기를 여과 없이 불러들인다. 쓸쓸함을 느낄 때 우리는 어린 날의 벗들이 그리워지리라.

밭은 공기 속에서 설탕 굽는 냄새가 난다. 빨간 우체통 속의 동전 몇 푼과 포도당 한 조각의 시간들이라니. 오빠와 함께 놀던 그 시절의 겨울이여, 서릿발 성성한 머리와 함께 더는 가지 말아다오. 흩어지기 전에, 영영 지워지기 전에 오빠야, 여기서 노올자.

# 황홀한 집착

냄새의 힘은 강렬하다. 음식 냄새는 더욱 그러하다. 식당과 주방은 냄새와 욕망의 집합소이다. 온갖 향채와 조미료가 시공간과 버무려져 후각을 자극한다.

배고프고 허전할 때 냄새에 이끌려 음식점 앞을 서성거린 적이 있는가. 솥뚜껑을 열었을 때 모락모락 피어나는 밥 냄새, 갓 볶은 참깨 냄새, 잘 마른 고춧가루, 젓갈과 마늘로 버무린 겉절이 냄새, 멸치 육수 냄새, 고기 굽는 냄새가 나를 불러 세운다.

사람들이 모여든다. 사출·금형·제작·설계. 발주와 포장, 상차와 택배를 방금 전에 마친 공장 노동자와 기사들. 백일·돌, 환갑·고희·팔순 잔치. 장지에서 돌아온 상주와 상제들. 환자의 질병과 실랑이를 벌이고 진료를 끝낸 의사와 간호사들. 환자복을 외투 속에 감춘 사람, 머릿속 흉터를 모자로 가린 사람. 사흘 전에 만나고 또다시 만난 사람, 아침에 보고 저녁에 보는 사람, 20여 년 만에 조우한 사람들. 다단계에 빠져 40년 지켰던 가게를 팽개치고 나온 사람, 전통 시장 상인들. 금은방, 안경원, 과일가게. 꽃집과 떡집 주인도 온다.

목발을 짚은 사람, 휠체어를 탄 사람도 온다. 한결같이 미소 띤 얼굴, 내내 고달픈 표정도 있다. 외상값을 떼어먹은 사람, 수년 간 일수 찍어 부어온 보험금을 빌려가 갚지 않는 건달. 말단 공무원, 간혹 고위 공무원과 정치꾼들. 집 없는 사람, 건물을 가진 사람. 사기를 당한 사람, 사기를 치는 사람. 종종 꿈속에서도 만나고 싶지 않은 사람 몇이 보인다.

외둥이를 둔 초년 부부가 오고 다섯 자녀를 둔 중년 부부도 온다. 아기 때도 오고 청년이 되어서도 온다. 기어다니는 아이, 뛰어다니는 아이. 어른스러운 아이, 애만도 못한 어른. 군인 아들을 둔 어머니, 교수 딸을 둔 아버지도 온다. 온 가족이 박사학위를 받았다는 여인도 있다. 초등학교 동창, 고교 동창생. 등산 동호회도 오고 탁구 동호회도 온다. 관변 단체장도 오고 부동산 중개인도 온다. 그림 그리는 사람, 글 쓰는 사람. 노래 부르는 사람, 춤추는 사람도 온다.

냄새를 찾아 들어온다. 외롭거나 지치고 병든 사람들, 말없이 봉사하는 사람들. 동남아 노동자, 조선족 이주민, 다문화 가족도 온다. 노인정과 복지관, 시민단체에서도. 택시기사, 국가유공자도 온다. 만난 지 한 달도 안 된 연인도 오고 싸움만 일삼는 철천지원수 같은 부부도 온다. 사랑과 이별을 밥 먹듯 하는 사람들. 한탄하는 이가 있는가 하면 다독이는 이들이 있다. 먹자. 먹고 싸우자. 못살 것처럼 그렇게 다투더니 음식 앞에 숙연해진다. 이 냄새 좀 봐, 냄새 죽이네. 배고프니 우선 먹자. 먹고 싸우더라도.

두 사람의 불화를 감싸안듯 뚝배기에서 포슬포슬 김이 피어오른다. 배고픈 이들의 본능을 휘감는 황홀한 잔치. 눈동자는 더욱 밝게 빛나고 혓바닥은 미세하게 떨린다. 냄새가 허기를 재촉한다. 음식을 향한 개개인의 욕구 앞에서 권위와 정의, 도덕과 규범은 헤아리기 어렵다. 식당은 아마도 살아 꿈틀대는, 살아내지 않으면 안 되는 감각의 도가니인가보다.

쾌락의 발단인 냄새. 어린 시절, 망모亡母를 뒤로 하고 단발머리 소녀의 울음은 제사상 앞에서 멈추었다. 음식이 풍기는 향기는 사별의 아픔마저 감춰버리나보다. 종일 울던 눈시울이 가라앉기도 전에, 언제쯤 저 밥상 위에 손을 얹어 영혼이 건네주는 따스한 밥을 먹을 수 있을까 생각했다.

한약과 양약 사이에 스며들던 향기가 코끝을 맴돈다. 링거 줄에 연명하던 엄마의 마지막은 늘 병원처럼 차가웠지만 엄마에게서는 단내가 났다. 엄마와의 하루는 슬픈 향기로 가득했으나 그 괴로움이 고약한 악취를 풍겼다고 말할 순 없다. 엄마의 핏줄과 살갗에서 피어오르는 알코올 냄새조차도 자식에게는 달콤했다. 엄마의 눈망울에서는 한 줄기 햇살이 자라고 앙상한 손에서는 풀죽 냄새가 났다. 영원히 변치 않을 그 냄새는 저물어가는 딸의 기억 한 편에 빈 그릇처럼 남아 있을 터이다.

●

향기를 흡입하는 사람들이 있다. 불꽃의 위험과 미생물의 위협에 대항과 순종을 반복하며 요리사는 자신의 기쁨과 상상을 전달하려 애쓴다. 취각을 잃으면 맛도 느끼기 어렵다. 냄새를 맡지 않고는 그 누구도 그릇에 담긴 음식과 접할 수는 없으리라. 유명 미식가들이 코를 킁킁대거나 손으로 음식 냄새를 부채질하는 모습을 본다. 그러니까 이 향은 음, 뭐랄까. 푸른 새벽에 자작나무 사이로 걸어가는 느낌이에요. 흰 눈이 어깨에 살포시 내려앉는 분위기랄까요? 어머니 품처럼 따뜻하고 깊은 바다 속으로 고래 등을 타고 헤엄치고 있는 것 같네요.

삶을 불쏘시개 삼아 세상은 불안한 하루를 피워올린다. 고기를 굽는 사람에게선 숯불 냄새가, 생선을 손질하는 이에게서는 생선 비린내가 난다. 은행원에게선 돈 냄새가, 정치인들에게서는 온갖 냄새가 다 난다고 한다. 그러나 상을 차리는 내내 사람들의 옳고 그름, 나쁜 기운 같은 건 따질 수 없다.

음식이 뿜어내는 향기는 타인에 대한 증오마저도 인내로 중화하는 마력을 지닌 것 같다. 악취가 선한 냄새에 묻힌다고나 할까. 피 같은 남의 돈 떼어먹고 태연히 살아가는 이들을 저주하다가도 식당에 들어서면 언제 그랬냐 싶게 잊게 되니 말이다. 주방에서 음식을 만들어낼 때면, 음식 냄새에 취해 있는 동안은 그 누구라도 다른 사람을 미워할 수 없을 터이다.

마음의 상처를 냄새로 덧바른다. 언젠가 내 몸도 삭아 없어진다면 몇 그램의 향기로 남을 것인가. 시간이 흐를수록 나는 왜 밥 냄새에 구걸하는가. 그간 내가 맡아온 냄새들이 나를 만들어놓은 건 아닐까. 좋은 냄새는 개인의 삶을 용서하는가. 배고픔의 대상은 무엇이었나. 이제 기억 속에 고인 나쁜 냄새도, 엄마의 우울한 약 냄새도 모두 지워졌으면 좋겠다. 두려움과 외로움, 절망까지 녹여버리고야 마는 그런 냄새는 어디 없을까.

# 환멸의 끝, 주문진에서

비 내리는 항구의 밤은 홀로 걷는 여인의 뒷모습만큼이나 어둡고 쓸쓸하다. 고깃배의 집어등처럼 빛나던 숙박시설의 외관도 더없이 차갑고 음울하게 젖어 있다. 당신과 나는 서둘러 모텔로 들어간다.

하룻밤 자고 나자 장대비가 부슬비로 바뀌었다. 여름 한철 북적이던 수산시장과 건어물가게. TV에 방영되었다는 맛집 현수막이 보인다. 유독 그 집 해산물이 더 크고 싱싱하며 한결 맛좋은 것일까. 한 뼘짜리 담장도 치지 아니한 채 일가족처럼 오밀조밀 붙어 있는 식당과 상점들. 건물과 건물 사이엔 비집고 들어갈 샛길조차 찾아보기 어렵건만, 어느 곳은 번잡스럽고 어느 곳은 차분하기만 하다. 붉은 게의 발들이 사슬처럼 엉켜 있는 수족관 앞에서 늦은 피서객들이 줄을 만든다. 주인집 자녀일까. 머리칼이 등줄기까지 뻗쳐 너울거리는 건장한 외모의 아가씨는 저울에 연신 대게를 올리며 흥정하느라 여념 없다.

●

202

지난 2014년, 지방선거운동이 한창 무르익을 때 우리 가게에도 호사가들의 발걸음이 이어졌다. 과열로 치닫게 된 선거는 그야말로 부두를 차지한 어선들처럼 작은 배가 정박할 틈조차 내주지 않았다. 모든 건 제 위치와 자리가 있게 마련일 터이고 당신과 나는 그걸 익히 알고 있었다. 온갖 공작과 헤살의 난장이던 선거판 속에서, 구정물이 흥건한 어판장 바닥에 떨어진 새우 한 마리처럼 당신은 파닥이고 있었다. 부리가 날카롭고 단단한 검은머리갈매기들은 날개 없는 새우의 몸통을 쪼아 날름 삼키고 달아나버렸다.

나는 그들에게 화가 나 있었다. 내색은 하지 않았으나 당신 또한 힘겨워하고 있음이 여실해보였다. 빠지지 않는 쇠못처럼 나의 계절은 분노로 가득 찼다. "수평선이 보이는 지붕 밑에서 쉬고 싶어." 부디 바닷가로 떠나자고 당신에게 제안했다. 그리하여 우리는 오랜만에 두 눈 꼭 감고 사흘간 가게 문을 열지 않기로 약속했다. 당신은 현관유리에 '여름휴가 3일'이라는 팻말을 과감히 만들어 걸었고, 곧이어 우린 새벽차로 집을 나섰다.

말뚝을 박듯이 살아낸 도시의 식당생활이 부부에게 남긴 건 무엇이었을까. 생선 냄새 가득한 항만의 고인 물처럼, 그 위에 포박당한 채 둥둥 떠 있는 고깃배처럼 당신과 나의 세상살이가 빛을 잃어갔는지도 모를 일이다.

소 힘줄과 근막 같은 집착의 고리를 하나씩 청산하자고 당신과 나는 입을 모았다. 바닷가 낮은 곳에서 쉬려면 모든 걸 내려야 한다는 데 의견일치를 본 것이다. 기운이 쇠해진 당신은 결국 월요일마다 문을 걸어잠그고 둘만의 시간을 갖기로 마음먹었다. 서른 해 가까이 하지 못했던 일, 당신은 일요일 밤마다 나를 데리고 동해로 내려가 바다 냄새를 실컷 맡게 해주리라 하였다. 새벽녘 졸음운전. 할 수 없이 당신의 하품을 막으려 시큼한 감귤을 준비했다. 라디오에서 흐르는 뽕짝 한 소절을 애정도 없이 따라 불렀다. 감기는 눈꺼풀보다 아내의 목청이 더 참기 힘들었던지 당신은 손사래를 쳤다.

부동산중개소를 방문했다. 업자는 지번을 찍어주며 알아서 찾아가보라 하였다. 이런 일은 부지기수인게지. 우리는 용케도 그런 곳을 찾아냈다. 골목 끝에 자리한 함석지붕을 얹은 집. 담벼락 아래로 장사꾼의 플라스틱 상자들이 햇볕에 갈라진 채 쌓여 있었다. 지붕 밑 도리는 금세라도 내려앉을 것만 같았다. 양철로 된 물받이는 삭아내려 처마 끝에 매달려 있는 것조차 힘겨워보였다. 삼사십 년은 족히 넘음직한 파란 대문 안방에서 무너지는 천장을 무거운 어깨로 떠받치고 있는 장롱도 볼 수 있었다. 어린 딸아이가 창도 없는 골방에 앉아 TV를 보고 있었다. 월세를 사는 젊은 여인은 집주인은 서울 사람이며 자신은 과일을 떼다 시장에서 판다고 하였다. 그녀는 집에 대해 세세히 말해주었다.

"이 집은 손대기 힘들걸요. 차도 못 들어오는 골목에서 수리하려면 몇 년이 걸릴지도 몰라요. 우린 기한이 두 달밖에 남지 않았지만 저 장롱을 빼면 이 집은 주저앉고 말 거예요."

서울 강릉 간 KTX 및 원주 강릉 간 복선철도, 하루가 다르게 변하는 동해안의 지도를 들여다볼 때마다 새로운 보금자리는 아득한 수평선처럼 나날이 멀어지고 높아만 갔다. 내일이면 이미 팔리고 없을 거라는 부동산업자들의 속삭임, 그러한 물건은 수많은 개미들이 줄을 서고 있다는 엄포, 투기꾼들이 우수수 몰려와서는 땅값을 올려놨다는 터줏대감의 첨언. 골목 안 혹은 산 중턱에 계단처럼 걸린 허름한 어가漁家들, 하루하루 고깃배로 먹고사는 일이 여전히 걱정인 원주민들의 터전. 시간이 지날수록 바닷가 풍경은 변하고 우리가 원하는 '낭만적'인 오막은 존재하지 않았다. 간혹 개인이 바다를 소유할 수 없다는 사실에 희열을 느끼는 바, '저 푸른 물결 위의 그림 같은' 안식처는 구할 수 없었으므로 당신과 모텔에서 나오는 게 더는 부끄럽지 않는 일이 되었다.

이른 저녁, 식당가로 나온다. 자욱해진 생선구이 연기가 숯불의 그것만큼이나 강하게 항구 주변을 감싸고돈다. 배를 묶어놓은 부두 어귀에서 몇몇 낚시꾼들이 통발을 내리고 앉아 낚싯대를 드리우고 있다. 막걸리 한 사발과 소주 한 잔, 담배 한 모금. 간간이 들이켜고 뱉어내는 사람들. 찢기고 으깨진 붉은 게의 파편들. 정돈된 쓰레기통이 지척에 있건만 빈병을 바다에 던져버리는 인간의 심보는 뭐란 말인가. 흐르지 않는 물속에서 몸부림치는 생선을 갓 잡아올리는 모습이 이율배반적이다.

팔월의 밑자락, 비 내리는 항구의 밤은 직무를 마친 상인의 어깨처럼 내려앉는다. 검게 그을린 바닷물은 다가올 절기를 향해 그 피곤한 몸을 엎드린다. 절정을 향해 달리던 태양은 빗줄기 뒤에서 제 얼굴을 씻어내린다. 해변을 비추던 가로등 불빛도 소임을 다한 듯 수그러들고 있다. 이렇게 몇 차례 여름 가을이 떠나고 겨울이 찾아온다 해도, 당신과 나는 또 바다를 향해 내달릴지 모른다. 다른 날들은 아직 멀리 있건만, 철지난 부부는 바닷가 풍경 한 조각이 다만 애틋할 따름이다.

# 만인복운집 萬人福雲集

군포시에 짐을 푼 지 햇수로 27년이 지났다. 1997년 외환위기와 함께 이곳에 입성하여 일가를 가꿔왔다. 38년 결혼생활 중 10년여를 제외한 대부분의 삶을 군포에서 살아온 셈이다. 남편의 일을 따라 터전을 옮겨다니던 유목생활을 군포에서 마무리했다고나 할까.

20여 년 전 군포 역전은 나대지였다. 상가 앞쪽은 흙밭이어서 많은 차량들이 먼지를 폴폴 날리며 주차장으로 이용하고 있었다. 몇 년 뒤 힘 있는 조경업자가 나무와 꽃을 심어 광장 일대를 정원으로 꾸며놓았다. 아무것도 없던 허허벌판에 택시승강장이 들어왔고 광장 한복판에는 아름드리 소나무가 심겼다. 지금은 소나무와 시계탑이 철거되고 그 자리에 항일독립만세운동 기념탑이 우뚝 서 있다.

남편은 아무 연고도 없는 이 객지에서 홀로 일어섰다. 시장 뒤편, 순대국밥집 아주머니와 서로 밥을 빌리며 말문을 텄고, 무료급식으로 동네 어르신들께 소소한 밥정情을 베풀었다. 그이는 한 달에 한

●

번씩, 거동이 불편한 노인들과 어린이들을 초대해 꾸준히 음식나눔을 실천해왔다. 손님을 모시고 남편을 돕는 일이 내 장년壯年의 주춧돌로 굳어버렸다. 두 아이를 돌볼 새도 없이 시간이 흘렀다. 아이들은 스스로 세상을 마주하며 사춘기를 앓았지만 우린 그 몸살을 알아채지 못했다. 타인에게 밥술을 내주면서도 자식의 성장은 잊고 살았다. 어미 노릇을 못한 점. 그것이 살아가면서 가장 씻기 어려운 못 자국으로 남았다.

우리 가족은 군포가 먹여주고 키워줬다 해도 과언이 아니다. 처음엔 일부 토착민들의 언행에 마음이 다치기도 하였으나, 시간이 흐를수록 따스하게 어루만져주는 어른들이 늘어났다. 남편은 성심으로 동네 노인들을 모셨다. 때론 부모처럼 때론 형제처럼, 때론 내 자식인 양 손님을 응대했다. 불나방이 되어 화덕 앞을 날아다니며 그들과 결을 맞추었다. 남편은 오른손, 나는 왼손이 되었다. 사람들은 마음을 열었고 나는 그저 '따르리'란 생각뿐이었다.

식당 일을 하며 공허함을 느끼게 되는 일 중 하나는 어르신들의 모임이 줄어든다는 사실이다. 일곱 분이던 모임이 다음 달엔 여섯, 다음 해엔 넷, 그 다음엔 셋, 둘…. 이렇게 줄어만 갔다. 그새 뱃속의 아기가 태어나고 어른이 되어 찾아오건만, 중절모에 세련된 매너로 풍류를 즐기던 노령의 신사 몇 분이 생사의 기로에 서 계시곤 하였다.

매미 노래를 부르며 시집 한 권 쥐어주던 '군포봉성 농악' 상쇠 심태섭 어르신이 생각난다. 2017년 6월, 세상을 떠나실 때까지 역전을 지날 때마다 들러서 친구가 되어주셨다. 우린 커피 두 잔을 뽑아 나란히 문지방 밑에 앉아 담소를 나누곤 하였다. 25년간 철도청 설계자로 일하셨으며 '군포 옛 삶터'들을 사진으로 남기기도 한 분이다. 리듬을 잃지 않기 위해 하루에도 수천 번 꽹과리 연습을 한다고 하셨으니 그 정열을 어느 곳에도 견줄 바 없었다.

어린 남매 둘을 데리고 종종 가게에 들어와 식사하던 여인이 있었다. 어느 여름날 휴식시간이었다. 냉면을 무척이나 좋아하던 그 여성이 남편 손을 잡고 가게 안으로 들어왔다. "안녕하…" 인사를 하다가 얼어붙고 말았다. 그녀는 휠체어에 앉아 있었다. 양팔에 패치를 붙이고 옆구리엔 장루腸瘻주머니를 찼다. 병색이 또렷한 그녀의 체구는 익히 보아오던 젊고 건강한 여인의 것이 아니었다.

가족은 한쪽 자리에 앉아 돼지갈비를 주문했다. 그녀의 남편은 말없이 고기를 구워 아내 입에 넣어주었다. 여인은 내내 웃음을 잃지 않았다. 제가 좋아하는 음식을 먹는 그 순간이 마지막 기쁨이었는지도 모른다. 나는 손을 제대로 움직일 수가 없었다. 아니 일이 되지 않을 뿐더러 이 한 끼의 식사가 그녀의 통증을 완화할 수 있다는 것에 화가 날 정도였으니까.

그러한 가족을 대할 때면 도무지 이 식당 일에 정 붙이기가 버겁다. 목까지 차오르는 슬픔을 감당하려 더욱더 냉정해지니 말이다. "아니, 오늘 뭐 안 좋은 일 있어요?" 이렇게 묻는 손님들에게 뭐라

대꾸할 수도 없는 일이다. 식당 안에서 난 늘 발랄하고 역동적이었지만 한편으론 길 잃은 철새처럼 외로움이 가득했다. 나는 또 한번 사납게 입술을 앙다물었다. 이 일은 왜 그리도 의심스러우며, 이 식탁들은 왜 삶의 무게를 각기 다르게 새겨넣어야 하는지.

군포역에 다다르면 작은 재래시장이 보인다. 조선시대에 생겨나 1905년에 〈군포장場〉이란 이름을 부여받으며 명맥을 돈독히 유지해왔다. 그 작은 시장통 안팎으로 우리 부부보다 먼저 터를 마련하고 정착한 가게들이 모여 있다. 귀엽고 새치름하던 떡집 사내아이는 청년으로 자라 부모의 일을 돕고 있다. 시장 길은 한층 깔끔하고 체계적이며 성숙해졌다. 코흘리개 아기들은 성년이 되었고 청춘들은 결혼해서 가정을 이루었다. 그 옛날, 신혼의 뱃속에서 움트던 새싹들이 태어나고 자라 이십대 꽃나무가 되어 돌아왔다. 세 살배기 아기 손님은 어느새 콧수염이 생겼다. 곱게 화장하고 정장을 갖추어 처녀총각으로 찾아오니 잃어버린 가족을 되찾은 듯 반갑기만 하다. 어찌 보면 제법 손님의 권위가 밴 것도 같으니, 이건 반말을 할 수도 없고 깍듯이 아니 할 수도 없는 노릇이다. 이제는 그들도 어른인지라 더는 아이 취급을 하지 못할 것만 같다.

군포역은 군포시의 모지母地로서 시의 중심지이다. 군포역을 바탕으로 산본 1기 신도시가 태어났다. 다국적 가정과 함께 외국인 자영업의 출현이 도드라지는 곳이라면 바로 군포역 상가골목이다.

한 가지 아쉬운 것은 군포 역전 일대의 경기가 침체해 있다는 사실이다. 도시 활성화에 있어 그간 이곳이 천덕꾸러기마냥 홀대를 받아왔다는 생각이다. 군포역 주변은 바야흐로 부동산개발열풍에 한껏 들떠 있는 듯하다. 신흥도시의 자유를 마침내 따라잡기라도 하려는 걸까. 거리마다 고층 오피스텔과 상가 건물들이 새롭게 올라가고 있다.

군포는 지고한 스승이라 할 터이다. 남편을 따라 이곳에 터를 잡아 지금껏 먹고 살아왔으니, 나의 젊음은 군포에서 성장하여 군포에서 무르익었다. 군포는 나를 무수히 울리고 다독였다. 중장년의 희로애락이 날리는 꽃잎처럼 이 도시에 흩어져 있다.

오월 한낮, 벚꽃 길을 걷는다. 하늘 한번 쳐다보고 땅 한번 내려다본다. 찢어질 듯 희고 얇은 꽃잎들이 나풀거리며 시야를 어지럽힌다. 작은 꽃잎 몇 낱 나선형으로 뱅글거리다 회오리쳐 사라진다. 바람 따라 날아가는 모양이 어수선한 우리네 삶의 모습과 다르지 않다. 노란 꽃가루는 살갗에 들러붙고 흰 꽃잎은 그 모양 그대로 바닥에 내려앉아 자신의 무늬가 된다. 몇 차례 봄비가 내렸다 그치면 콘크리트 위에 꽃무늬가 점착될 것이다. 납작해진 꽃은 곧 땅속으로 스며들 터이다. 오가는 사람들의 발걸음이 저도 모르게 꽃잎 문양을 신발 밑창에 수놓고 있으리라.

가게 문을 열고 들어오면 12번 식탁 뒤편에 '만인복운집萬人福雲集'(많은 사람들의 복이 구름처럼 모이다)이라 쓰인 휘호가 걸려 있다.

긴 세월 우리 가족을 지켜준 수호신 같은 존재이다. 굵고 박력 있는 서체는 나와 남편을, 그리고 이 식당의 방문객들을 한결같이 공평하게 지켜보았다. 해가 갈수록 그것은 풀잎 같은 우리를 단단하게 일으켜 세워주었다. 단조로운 나의 하루는 먹는 일에 고정돼 있었으니, 군포에 살면서도 이 지역에 대해 아는 바가 별로 없다. 기억이 많으면 슬픔도 짙어진단다. 이곳에 삶을 묻었으니 서두른들 무엇하랴. 나는 기쁘고 가뿐하다. 꿋꿋이 일궈낸 부부의 일터가 인생의 변곡점이 되었으므로.

사람은 늙고 액자엔 때가 끼었으리라. 이제는 천천히 돌아서 가야 할 것만 같다. 군포 철도 역사 앞에 놓인 회전교차로처럼.

유시경 수필집

## 전선 위의 달빛

지은이_ 유시경
펴낸이_ 조현석
펴낸곳_ 북인
디자인_ 푸른영토

1판 1쇄_ 2024년 10월 19일

출판등록번호_ 313-2004-000111
주소_ 121-838 서울 마포구 서교동 460-34, 501호
전화_ 02-323-7767
팩스_ 02-323-7845

ISBN 979-11-6512-095-5      03810
ⓒ유시경, 2024